U0655066

当代寓言名家新作

Dangdai Yuyan Mingjia Xinzuo

蓝色马蹄莲

吴广孝◎著

读寓言·学知识·明事理·提素质

品读寓言故事　领悟人生哲理
经典寓言大世界　人生智慧大宝库

天津出版传媒集团

天津人民出版社

图书在版编目（CIP）数据

蓝色马蹄莲 / 吴广孝著 . -- 天津：天津人民出版
社 , 2018.9
　（当代寓言名家新作）
　ISBN 978-7-201-13724-7

　Ⅰ . ①蓝… 　Ⅱ . ①吴… 　Ⅲ . ①寓言—作品集—中国—
当代 　Ⅳ . ① I277.4

中国版本图书馆 CIP 数据核字（2018）第 199577 号

蓝色马蹄莲
LANSE MATILIAN

出　　　版　天津人民出版社
出 版 人　黄　沛
地　　　址　天津市和平区西康路 35 号康岳大厦
邮政编码　300051
邮购电话　（022）23332469
网　　　址　http://www.tjrmcbs.com
电子信箱　tjrmcbs@126.com

责任编辑　李　荣
装帧设计　映象视觉

制版印刷　永清县晔盛亚胶印有限公司
经　　　销　新华书店
开　　　本　640×920 毫米　1/16
印　　　张　12
字　　　数　200 千字
版次印次　2018 年 9 月第 1 版　2018 年 9 月第 1 次印刷
定　　　价　29.80 元

版权所有 侵权必究
图书如出现印装质量问题，请致电联系调换（022-23332469）

总序：为有源头活水来

——《中国当代寓言名家新作》丛书总序

顾建华

中国当代寓言，正在用浓墨重彩书写着中外寓言史上令人瞩目的新篇章。

进入改革开放的新时期后，在我国文坛上，寓言空前活跃起来，涌现出数百名痴心于寓言创作的作者和难以计数的寓言佳作。

本丛书的八位作者堪称中国当代寓言名家。他们大多数是从20世纪70年代末80年代初开始写作寓言，已经有了三四十年的创作经历。有的作者虽然以前主要从事其他文体的写作，但后来专注于寓言创作的时间也有一二十年了。他们的寓言作品量多质高，一向受到读者的欢迎和好评，不少名篇被各种报刊选用，收入各种集子，有的还被选作教材广泛流传。

这些作者以往都早已有各自的多种寓言集问世，在寓言界有一定的影响。本丛书收入的作品，则是他们近年所写，首次结集。可以说是作者们用积淀了一生的智慧和才华，观察当今社会、解剖各种人生的结晶；也是作者们力求寓言创新的又一新成果，无论在思想境界上还是艺术境界上都给人很多启迪。

这十部寓言集和我们常见的平庸的寓言作品不同，不是用些老套的看了开头就知道结尾的动物故事，演绎一些连小朋友们都已厌烦了的道德说教，或者一些肤浅的事理、教训。它们的题材非常广博，有的影射国际时事，有的讽喻世态人情，有的抨击贪官污吏，有的呼吁保护生态……很多作品笔锋犀利、情感炽烈，既有冷嘲热讽，也有热情歌颂；而思想之深邃，非历经世事者所难以达到。它们娓娓道来的或者荒诞离奇，或者滑稽可笑的故事，却是当今现实世界曲折而又真实、深刻的反映。这样的寓言作品并不是供人饭后消遣的，而是开阔人们的胸襟、心智、眼界，让人们在兴趣盎然地读了之后禁不住要掩卷深思，深思社会、深思人生。

这十部寓言集显现了作者们高超的艺术功底，在艺术表现上多有新的突破和尝试。

杨啸是我国屈指可数的享有很高声誉的寓言诗人。从他的两部新作《狐狸当首相》和《伯乐和千里马》可以看出，他的寓言诗艺术已经炉火纯青，并且还在不断求新，样式、手法多种多样。如作品中除了运用娴熟的单篇寓言诗外，还有不少系列寓言诗、微型寓言诗等等，给人以新意。他过去的很多寓言诗是写给成人的，更是写给孩子们的，特别善于用富有童趣的幽默故事、朗朗上口的动听诗韵，让读者（尤其是儿童读者）得到教益。这两部寓言诗依然既是写给孩子们的，更是写给成人的，在内容和写法上都有很多变化。

张鹤鸣、洪善新伉俪在寓言剧的创作上，在我国原本就无人可与之比肩，近几年又进一步冲破旧模式的藩篱，另辟蹊径地创造了"代言体"寓言短剧的新形式，使寓言能够更好地融入少年儿童的生活和心灵，发挥寓言的道德教育、知识教育、审美教育的作用。《燕南飞》中的一些作品已经成为初学者学写寓言剧的样板，《海神雕像》则显示了作者多方面的才能。他们原先擅长创作带有戏剧性的篇幅较长的寓言故事，现在生活节奏加快，为了满足读者需要，这次也写起了寥寥数言的微寓言，且颇有古代笔记小说的韵味，别具一格。

《蓝色马蹄莲》是作者吴广孝旅居美国时的所见所闻所思所念，散发着我国其他寓言作品中罕见的异域风情。它也不同于其他寓言作品用编织出人意料的情节来揭示作者想说明的哲理，而是像一则则旅游随笔，以优美而简约的散文笔法展示作者所经历、所体验的人、事、物，然后出其不意地迸发出作者由此而来的瑰丽奇妙的思想火花，使随笔变成了寓言。《伊索传奇》以虚构的伊索的生活为线索，在光怪陆离的时空转换中，穿插着对《伊索寓言》的全新的阐释，借题发挥，抒发的却是当代中国人的情感。

罗丹所写的《苏格拉底的传说》同样是以古希腊的智者为寓言的主角。过去也有人这样写过，但罗丹笔下的苏格拉底与他人不同，有着作者本人的印记。苏格拉底对古往今来的各色人等、鸟兽虫鱼发表的言论，都是作者数十年从生活中获得的人生感悟，是对晚辈的谆谆教诲，很值得细细体味。

《白天鹅和黑天鹅》秉承了作者林植峰自 1956 年上大学时发表寓言（距今已有一个甲子）以来，一以贯之的"颂扬真善美、鞭挞假恶丑"的宗旨。他的这部新作就像他自己所说的那样，是"文字的漫画"，作品中用嬉笑怒骂的文字构成的各种虚幻世界，表达了作者对当前社会现实问题的严肃思考，应该引起世人的警觉。

《龙舟鼓手》，让我们看到作者凡夫严谨的写作态度以及寓言的多种多样的艺术表现手法。其中的作品都是有感而发，篇篇经过精心打磨，在写法上不拘泥于某种套路，微型小说、笑话童话、民间故事、小品杂文等都能运用自如地嫁接到寓言中来。他还特别重视把寓意水乳交融般地渗透到故事中去，他的寓言没有外加的生硬的说教，却十分耐人寻味，让读者自己从故事中去领略、生发更多的意义。

桂剑雄写的《西郭先生与狼》，无论上半部分的动物寓言还是下半部分的人物寓言，都继承和发扬了明清笑话寓言的特色，十分诙谐有趣。很多作品不是以智者为主角，而是以愚者为主角。作者夸张地描写愚者愚拙蠢笨的荒唐言行，讽刺意味浓郁，既引人发笑，更发人深思。如今，寓言中刻画成功的愚者形象并不多见，因此这些作品尤显可贵。

本丛书的作者大都年事已高，却依然充满旺盛的文学创造力，继续为寓言创新铺路开道。他们以自己的创作实践印证了习近平总书记在文艺工作座谈会上的讲话中所说的："人民是文艺创作的源头活水"，"文艺的一切创新，归根到底都直接或间接来源于人民"。

笔者和丛书作者相识、相知数十年。从交往中我深深感受到：他们心底坦荡，为人正直，急公好义，乐于助人，不畏权势，嫉恶如仇；他们一直生活在人民之中，热爱人民，心系人民，对人民的深厚感情促使他们不断地要用被称为"真理的剑""哲理的诗"

的寓言来为人民发声，表达人民的爱憎和愿望！据我所知，本丛书中的不少作品，就是直接来自于作者的亲身经历，是作者在为大众的事业、大众的利益仗义执言。作者们为寓言创新所做的努力，也都是为了使自己的作品更加得到人民的喜欢，满足人民的需要。

南宋朱熹的《观书有感》诗云："半亩方塘一鉴开，天光云影共徘徊。问渠那得清如许？为有源头活水来。"池塘之所以能够如镜子一般透彻地映照天光云影，是因为它有源头活水。当代寓言名家新作之所以能够拒绝平庸，不断创新，真实地、本质地反映现实生活，就因为作者们紧紧地依赖于汨汨涌流、取之不尽、用之不竭的源头活水——百姓生活。脱离了百姓，脱离了生活，寓言就会成为"无根的浮萍、无病的呻吟、无魂的躯壳"，失去与时俱进的活力，失去存在的价值。

作者诸兄嘱我为这套丛书说几句话，就写下了以上一些读后心得，权作序言。

2016 年元旦于金陵紫金山下柳苑宽斋

目 录

蓝色马蹄莲

圣迭戈市老人鲜花店贴出醒目的大广告：

蓝色马蹄莲，不日上市！
敬请关注！
人世间奇花，蓝色梦幻，
绝无仅有！

许多老顾客围着花店老人询问，打听何日有蓝色的马蹄莲出售。

一天清晨，送鲜花的大货车停在老人花店的门前，终于送来了人们期待已久的蓝色马蹄莲！鲜花很快出售一空。老人特意留下一枝。他要自己欣赏。

老人望着蓝色的鲜花，问："我和鲜花打了一辈子交道，从来没有看见你这样颜色的花！是哪位仙女派你来到人间？你为什么要来到这个世界？"

蓝色马蹄莲向老人眨眨眼睛，逗趣地说："这可是一个哲学问题啊！"

"去你的哲学！我是一个花匠，有话直说！"老人也向鲜花眨眨眼睛，笑着说。

"花的世界，五彩缤纷，可是，你们只强调一种颜色！我来了，就是告诉你们：世界多彩，不能只有一种哲学！明白啦？"

蓝色马蹄莲哈哈大笑。

蓝色马蹄莲（续）

人们热衷蓝色马蹄莲，白色马蹄莲有些失落，"呜呜"哭起来。

卖花的老人关切地问："哭什么啊？"

白色马蹄莲悲悲切切地说："我，白色的马蹄莲，本来是代表忧伤、哀愁和痛苦，还有怜爱、关怀和圣洁，有说不尽的诗意。如今，出来一个蓝色的马蹄莲，它能代表什么？纯粹是妖魔鬼怪！"

老花匠看了一眼流泪的白花，说："话可不能这样说！你可能心里嫉妒吧！想想你当时第一次出现的时候，红掌就说你是妖魔鬼怪。结果如何？红掌倒成了'妖花'，你却成了'花仙子'！如今，蓝色马蹄莲来了，你怎么能这样？应当欢迎才对！玫瑰花有上百种颜色，红玫瑰依然是红玫瑰！它不但不哭，每天都把欢乐和爱带给世界！"

"红玫瑰是红玫瑰！我是我！"白色马蹄莲还是哭。

"也好，你愿意哭，就哭吧！让世界看看，什么是自寻烦恼！"老花匠生气地走了。

今天，如果我们留心，就可以看到，在白色马蹄莲的脸蛋上会有许多露珠，那就是它的自寻烦恼的眼泪。同时，还要告诉大家，如今还有紫色的、橙色的和粉色的马蹄莲！

世界上不应当只有一种哲学！

野葡萄和野苹果

伊索的狐狸来到美国犹他州的一个小山城，在郊外遇到一棵野苹果树和一丛低矮的野葡萄。野葡萄其貌不扬，一串一串的藏在叶子后面，小小的果实上挂满白霜。这一次，狐狸得手，肚子吃得溜圆，一边手舞足蹈，一边说："野葡萄样子不怎么美，味道挺不错！"

狐狸吃饱了，躺在苹果树下休息。

野苹果树对狐狸说："这里昼夜温差大，又干燥，中午太阳很毒，日照时间长，最适合水果生长，野葡萄自然很甜，这与长相无关。"

狐狸看了一眼野苹果树，突然想起主人伊索的哲思，顺口说："山野之物，经受了日光月华，又善于汲纳和积累，也可以变得甘美呀！呵呵，挺不错的伊索寓言吧！"

野苹果树说："寓言不错。不过，你不尝尝我的果实吗？"

野苹果掉落一地，狐狸顺手拾起一个啃了一口，马上吐了出来，大叫："好酸，好涩！还有小虫子！！"

"哈哈，有小虫子是真，因为这是荒郊野外，没有使用农药。我不甜是假。我也套用一句伊索寓言：吃了太多的蜜，就不会感到平常的甜了，甚至把甜当成苦涩！哈哈！"

树木三章

1. 立 木

巨树绿色的肌肤不知何时消散了，没有留下一片绿叶，没有留下一块柔软的树皮，只剩下苍白的骨架和越来越硬朗的灵魂。

烈日，强风，在难以忍受的饥渴煎熬当中，岩石上顽强生长的大树也会枯槁。可是，它依然直挺挺地站在那里，将生命之水消耗殆尽。立木站在巉崖上，顶天立地！

立木望着那透明的蓝天，寻找昔日的神鹰，期待听到印地安人骑士呼啸而来，听到骨笛单调的响声，听到那高山峻岭上无休无止的天风。

巨大的树木会死亡，可是，巨大的灵魂不会死。

2. 松、松、松

峡谷火红，峻岭入云。令人难以置信的是，在那刀劈斧剁的绝壁之上，有许多松树傲然挺立。更令人想不到的是，连绵起伏的高山，粗犷原始，却生长着数不尽的松树。

这无尽头的松树是从哪里来的？是天风吹来的？是天鹰的金喙叼来的？是天使的手播种的？

不必再去猜想，看看那些扭曲挣扎的树干，看看那些鹰爪一般苍老的树根，就不难理解生存的艰难和生命的意义。正是这些松树的存在，整个山脉才披上绿装。

这不是一棵树的力量，然而，又是每一棵树的力量！建设美好的世界多么需要这种力量！

3. 倒　木

倒木赤条条地躺在处女河畔，裸露着苍白的躯干。树皮也许被山风剥光，撕扯碎了，也许，填饱了峡谷昆虫的胃囊。那些会变幻色彩的树叶早就跌落在处女河里，不知飘落到何方。

倒木失去了根，失去了肉体，也失去了灵魂，只剩下一块骨头，让绿色的高山和红色的岩石怅然。

"其实，倒木不是一无是处！"一位印地安老人说，"就让它横在河上，当一个独木桥吧。它会慢慢找回自己的灵魂。相信它。"

如今，人们正踏着独木桥过河。

"古典"的新出路

悲情王子汉姆莱特身穿现代西装出现在舞台上。

"生，还是死，确实是个严重的问题。"心怀复仇之志的悲情王子一板一眼地念着台词。

戏演完了，大幕落下。观众起立，热烈鼓掌。演员多次谢幕。

在灯火辉煌的前厅，莎士比亚哈哈大笑，说："省去了皇家气派的啰啰唆唆的古典道具，现代人更好地理解了汉姆莱特的这出历史悲剧！妙啊，妙！"

探索和改革，不论任何领域，包括莎翁古典的历史悲剧，都是值得一试的。也许，这正是所有"古典"的新出路。

达·芬奇铜像

达·芬奇老人家稳坐在桑蒂城图书馆门前，伸出左手指点迷津；伸出右手，好似要抓住一切知识。我没有想到会在美国遥远的西部，在地图上找不到的小城里，与老人相遇，情不自禁地拥抱他。

"您怎么到这里来了？"我唐突地问。

"哪里尊重科学和知识，我就到哪里来，不管是荒漠，还是小山村。"老人回答。

"这里已经是繁华的城市，不是荒漠和小山村啦！"我说。

"现在不是，过去是！"老人显得悠然自得。

"是您帮助他们改变了命运？"

"是，也不是！"老人眯着眼睛说。

"这，我就不明白啦！"

"混小子，你敢和我装糊涂！好吧，把你的食指给我！"老人说。

我把自己的手指对上老人的手指，这一瞬间，有一股强大的电流沿着我的指尖流遍全身。我听到一种金属般的声音在内心轰鸣："没有必要把新的哲理告诉你。看准目标，走自己的路吧！"

"谢谢！"我急忙说，回头看老人的铜像，他不再搭理我。

草木三章

1. 起舞的苇子

荒野的苇子被移栽在屋前和路边的花园里，在园丁细心照料下，它长得异常茂盛。当秋风吹起，苇子花好似洁白的雪，一簇簇，一丛丛，在风中婆娑起舞，引得成群的小鸟围着它欢闹：

"瞧它多美，不就是平平常常的野苇子嘛！"

"没错！正如你们看见的，它就是平常不过的野苇子。"太阳笑哈哈地说，"你们没有想到它会这样漂亮，是吧？请记住，即使是野孩子，一旦有了良好的教育也会别有一番风情！"

2. 多刺的仙人掌

浑身带刺的仙人掌躺在灰蒙蒙的砂石中间，那扁圆的身体布满灰尘，只有那尖尖的硬刺闪着光。仙人掌剑拔弩张，准备随时刺人。幸好有一段倒木横在仙人掌和人行小路中间，没有人走近它，仙人掌也就刺不到人了。

一只渡鸦落在倒木上，看见仙人掌怒气冲冲和疑神疑鬼的架势，笑着说：

"老兄，何苦武装到牙齿？这样神经过敏有益吗？"

"哎，你这只小小黑乌鸦哪里知道，我会开花结果的！如果我现在不学会自卫，当我结果时，还不被别人给偷去！"仙人掌振振有词。

渡鸦问："你什么时候开花结果？"

仙人掌瞪了渡鸦一眼，支支吾吾地回答："我怎么知道！大概，也许，可能，说不定还需要三五年吧！"

"哈哈！你这个浑身带刺的无赖！与人为敌，总会找到借口！"

3. 守望的龙舌兰

轻风吹拂，月亮泼洒着幽光照在一丛丛龙舌兰上。

长夜不眠的龙舌兰好似在焦急地守望着什么，那巨大的叶片如同一丛丛尖刀闪闪生辉。

月亮轻声地问：

"龙舌兰啊，你在守望什么？是期盼年轻人在你身边幽会？你期待印第安小伙子骑马归乡？你想听听帐篷里传来的悠悠笛声？"

龙舌兰没有搭理月亮。

月亮接着悄悄地问：

"龙舌兰啊，你期盼那噼啪作响的山间篝火？你期待族人欢聚时跳起的鹿舞？你还是期盼狩猎归来的欢宴？"

龙舌兰依然沉默不语。

月亮飘悠悠躲到大山后面去了。

晨曦中，一颗颗闪光的露珠挂在龙舌兰的叶尖上，挂在刀锋上。

龙舌兰在无声地哭泣，为了那迷失的纯真，为了那遗失的记忆，为了这陌生的今天和未来。

石头三章

1. 血的祭坛

高高的山峰，不知被什么大刀齐刷刷地削去了脑袋，血滴滴答答流淌下来，成为一个血淋淋的祭坛。其实，这不是血！这是石头的本色，自然天成的景观，令人惊心动魄。

天鹰说："不，这是血，是传说中一个强大帝国的血，一个大屠杀的坟场！"

我看见，血真的在无声无息地流淌……

谁知道，有多少无辜的头颅被砍下来？

谁知道，砍别人头颅的人的头颅又在何方？

如今，空空的祭坛上，不见了刽子手，也不见了牺牲品。

……

狂风在苍穹呼号，好似在呜呜地哭泣。

翱翔蓝天的神鹰说："这血的祭坛是历史的一面镜子，一面流血的镜子。让它照亮人类的心灵吧！让人们记住：强权必亡！"

2. 哭 石

巨石在哭，山在哭，眼泪一滴滴汇成山溪，跌落在处女河的呜咽里。

多么大的忧伤能够让石头落泪？

多么深的痛苦能够让大山哭泣？

谁能告诉我，这是为什么？

一棵精灵古怪的倒木裸露着扭曲的枝干，扯着沙哑的喉咙，向我叫嚷：

"我知道，可是，我不想告诉你！……我真不明白，你为什么这样好奇，想了解你不该了解的事情？这不是羞耻吗？每一个人和每一个家庭，每一个民族和每一个国家都有流泪的理由，伤痛的秘密是不该问的！不过，今天我可以告诉你另外一件事情：世界上没有人再相信眼泪啦！石头的眼泪也不行！即使痛哭一万年，也无济于事！"

3. 棋盘山

小喜鹊和银狐狸游棋盘山。

整座山体是一个顶天立地的围棋棋盘，一个个小方格清晰可见。

小喜鹊问银狐狸：

"谁想和大自然玩一把？谁想和大自然对垒一番？"

银狐狸认真地说：

"那些无知又狂妄的'大伟人'们已经试过了，毫无例外的身败名裂，成为大自然面前的笑柄。那'人定胜天'的旗帜早就破败不堪了。"

"哈哈，你总算说了一句人话！"小喜鹊嘲弄地说。

银狐狸被朋友的话刺痛了，有些激动，瞪了一眼小喜鹊说：

"什么叫'说了一句人话'？我可不是挑战春秋战国时代的伟大哲学家荀子！老爷子的哲学思想，有他的道理！我现在讲的不是哲学，不是空谈与大自然无关的事情！我是就大自然论大自然！明白？！大自然是我的母亲，她蕴藏着无数秘密，拥有我们难以理解的力量。我是她的孩子，我怎么能再听信那些邪教徒们的一派胡言，反对自己的母亲！"

四个音乐家

富有的医生家里有一间演奏室，房间里摆放着成套的架子鼓、调音器、电子琴、大音箱、麦克风和几把电子吉他，都是上好的专业设备。一面墙上挂满了 20 世纪 20 年代和 30 年代的老唱片封套，世界著名的披头士们全在这里了。另一面墙上是涂鸦，画着心和西瓜，写着 WindingRoad，这是乐队的名字：小路弯弯。还不忘为自己加油，写着：棒！每周三下午六点，这里就会热闹起来。

贾兹、大卫、拉尔普和吉姆四个人，一位是医生，两位是教师，一位是经理。他们事业有成，年纪已经不小，其中两人五十岁出头，另两人刚步入老年，六十多岁了。他们准时在医生家集合，在演奏室里恣意弹唱，纵情高歌，那粗犷的嗓音和金属的撞击声几乎把屋顶掀翻。到了晚上十点，四个朋友才依依惜别。有趣的是，他们热衷牛仔帽和牛仔裤，有一位先生还开着那个年代的老爷车。

四位音乐家走了，屋里立刻安静下来。墙上老唱片封套上的披头士们才舒了一口气，开始评论这四个小老头。

"每个人，从孩提时代起就有自己的梦想，由于种种原因，阴差阳错，长大之后走上了另一条道路。可是，梦想依然。"

"生活中不能没有梦想啊！"

"有梦就好！"

"我们需要的正是梦想！"

"追梦的日子永远是美丽的！"

老唱机

公路加油站旁，美美小餐馆里熙熙攘攘，小吧台边围满了喝饮料的司机顾客。红白相间的座椅，满墙古董车的照片，一台老唱机蹲在墙角，处处透出另一个时代的"时尚"。

一个退休的司机老狐狸把二角五分的硬币塞进老唱机，美国乡村音乐立刻响起，带着乡愁的旋律余音绕梁，老狐狸司机陶醉在怀旧的音乐里。对桌子上的啤酒杯悄悄说：

"啤酒老弟，如今时代变了！也许是进步了！瞧瞧外面的汽车，全都是新花样！听听司机们哼哼的歌，也全是新调调！大浪淘沙啊！这美美小餐馆里剩下的这一点点遗产，真得好好珍惜，不然，都找不到一个地方舒舒服服喝点小酒了。"

老狐狸站起来，往老唱机里又塞了一个硬币。奇怪的是，老唱机没有唱歌，却来了一段道白："文化总是拥有时代的特征，时代变了，文化也要变。但是，文化总是一环扣一环，每一环都不可缺！"老狐狸愣愣地听者，不理解老唱机的鬼调调，生气地说："活见鬼！对纯真的追求和向往，才是文化的真谛！对你来说，就是给我唱纯真的歌，让我流泪，而不是给我上哲学课！不唱？把钱给我吐出来！"

一棵松树

简凯老先生辛苦了一辈子，买来一块地，正准备在上面建一座别墅，不料，患上了不治之症。临终之前，他把那块地献给了社区。老人明确要求，用一半的土地给两岁到五岁的孩子建设一个小乐园，上面要有两个玩具，一个是木马，一个是乌龟，还要在边上为年轻的父母建一个长椅；用另一半土地，建设一个小小篮球场，立个篮球架，让孩子们玩个痛快。

社区的朋友们送走了老人，按他的遗嘱一一照办。只是在小乐园的边上多种了一棵松树，树下面放了一块鹅卵石，上面刻着：怀念简凯。

万圣节的夜晚，老简凯的灵魂回到社区，看到了自己梦中的小乐园，同时看到了那棵松树和鹅卵石。老人坐在树下微笑着流泪：

"正是这棵树，使我的生命延续啊！谢谢啊！"

两棵枫树

一面洁白的墙分开了两棵美丽的枫树。

墙里的枫树是罗莎家的，墙外的枫树是丽达家的。两棵枫树根连着根，枝叶纠缠在一起，难解难分。婆娑的树影下，两家的孩子常常一起跳绳。到了秋天，金灿灿、红艳艳的的枫树叶飘落在两家的院子里，不分彼此，也无法分彼此。

一天，罗莎和丽达吵了嘴。她们心里不痛快，就坐在家里的窗户前，看着那两棵枫树，看着枫叶飘飘飞落，听着枫树的低语。

"我们两家的孩子吵嘴了。"

"是有这事。挺无聊。"

"我们可不能学她们的样子。"

"那是当然！谁看到过两棵树打架！"

"打架的树，不是好树！"

"对，打架的树，不是好树！"

……

不久，两个孩子在枫树下玩起跳绳。

鳄　梨

小喜鹊和银狐狸在墨西哥餐厅大吃卷饼。它们发现一种灰不溜秋的水果。这水果披着黑绿色的袍子，像个大橄榄，皮肤粗糙，疙疙瘩瘩，像鳄鱼皮，上面好似还有油垢，鬼里鬼气，相当难看。餐厅的女老板玛利亚告诉它们：

"这水果很有来头，西班牙文叫 aguacate，墨西哥文叫 avocado，山姆大叔也跟着叫，翻译成汉语就是鳄梨。"

玛利亚用快刀切开鳄梨，只见有一个硬硬的圆圆的核，果肉是淡黄淡绿色，散发出一种怪异的味道。盛情之下，银狐狸和小喜鹊不得不尝尝。开始，感到绵绵的，面面的，软软的，味道古怪。可是，过了一会儿，满口生香！

"哈哈，像榴莲的味道！"小喜鹊欣喜地说。

"有点像你们中国的臭豆腐。哈哈哈！哈哈哈！"玛利亚太太笑得前仰后合。

"这里有哲理！"银狐狸一本正经地说。

"好好吃你的墨西哥饼吧！什么哲理？还不是你的鬼话！"小喜鹊抢白着银狐狸。

"就算是鬼话吧！我觉得，有些东西像鬼，其实，是佛啊！"银狐狸为自己的妙论自豪得意。

雪中的玫瑰

正当红叶满山、黄叶飞舞的金秋季节，高原上突然下了一场大雪。湿淋淋的白雪给美国西部的茜达小城披上了银装。盛开的玫瑰花被大雪埋住，只露出一点点火红的花瓣和几个花蕾，黏糊糊的雪挂满了玫瑰的枝条。

一只喜鹊落在玫瑰身边，翘翘尾巴，说："玫瑰啊，不知道有多少人把你当成柔弱的花，最多知道你有一点刺。如果他们能够看到雪中的你，会有什么感觉呢？"

"人们愿意说什么就说什么吧，这与我没有多大关系。"玫瑰大大方方地说。

"你讲的也有道理，不过，我总觉得那些文人墨客有点不公平，应当让他们知道你的坚强。"

玫瑰笑了，说："其实，真正爱我的人早就知道我的秉性。你看看，在这西部高原上，大家都种什么花？生活中，哪怕只有一个人真正懂我、爱我，我玫瑰就知足，如今，家家花园里种玫瑰啊！我对真正的朋友和我自己心中有数。"

渡 鸦

渡鸦邀请小喜鹊和银狐狸观看一场高中生的校际排球赛。它们早早来到体育场，看台上还没有几个人。渡鸦神秘兮兮地对朋友说：

"请先观察一下周围的环境，也许能发现一点儿秘密。"

银狐狸和小喜鹊扫了一眼现代化的体育馆。快嘴小喜鹊马上说：

"哈哈哈，对面的大墙上高高挂着阁下的画像啊！这比城门楼上的画像还大！"

银狐狸补充说："又是国际通病！像画得挺棒，只是比真鸟美了三倍！"

渡鸦不无自豪地说：

"这里是犹他州一所贵族学校。校方很看重我。我常想，外表丑陋就丑陋吧，这丝毫不影响我的大脑。校方选我做校徽，意思很明显，就是不让孩子们追求外表的华丽，而要注重内在的沉甸甸的东西。"

"什么东西？"小喜鹊明知故问。

"聪明又美丽呀！哈哈！"渡鸦故意挤眉弄眼。

"嘀——嘀嘀！"场上的哨音响起，比赛马上开始。

银狐狸看见生龙活虎般的学生运动员，对渡鸦说：

"老弟，我觉得，你还有另外一种品质，校方也很重视。"

"还有？我怎么不知道！请讲！"

"一群渡鸦是可以斗败苍鹰的！你的勇敢啊！"

火 鸡

清晨，在国家公园里，一大群火鸡在散步，领头的火鸡翘起尾巴，高视阔步，那高傲的样子比帝王出巡还威风。游人小心翼翼，拍照录像，火鸡根本没有看在眼里。

一位老先生和他的朋友说："感恩节快到了，可是，没有任何人敢吃这里的火鸡。"

想不到，这句平常话让火鸡首领听到了。它昂起头，看看游人，大声问道：

"你们都过感恩节吗？"

这突如其来的问话令游人大吃一惊，大家迟疑了片刻，齐声回答："过呀！"

"你们感谢谁的恩德呀？"

"当然是感谢你们火鸡呀！"

"我知道，我知道！"首领严肃地说，"我的老祖母的老祖母讲过，世界太需要感恩这种胸怀了。坦白地说，如果世界知道感恩，我愿意献身！事实上，我的同胞们正在献身！我只是希望，世界常常记得这种感情，不要过节这几天才想到感恩啊！"

沉默的邮局

邮局好似一个大方盒子，默默站在路边。门前飘着星条旗，白头鹰图案的标志立在身边。每天清早九点，邮局就敞开胸膛迎接寄东西的人。

邮局里的东西丰富多彩，又井井有条，一边摆放着信封、信袋、结实的纸箱子和专为邮寄书画用的圆筒，另一边陈列着五光十色的贺卡，设计精良的纪念邮票和各类小礼品。圣诞节快到了，在专柜里是琳琅满目的邮品，甚至有大蜡烛。

寄东西的人都很满意，邮局依然默默无语。

一天，一只渡鸦问邮局："您不会讲话吗？"

"不，我会讲话。你没有听见我经常说：谢谢，欢迎再来？"

渡鸦说："听是听见了，可是，我觉得你是一个不会讲话的人。"

"我尽心尽力，努力工作，实在用不着敲锣打鼓，自吹自擂啊！"

螺丝钉玩偶

山地礼品店的货架上摆着一组青蛙乐队玩偶。只见小青蛙们敲打架子鼓，弹吉他，拉提琴，吹萨克斯……它们形象夸张，生动活泼，幽默逗趣。站在它们面前，就好像参加音乐会，听到那动人心弦的滚石旋律。不过细心查看，这些可爱的音乐家只不过是一些螺丝钉、螺帽、螺栓、垫圈和铁丝的组合！

"太奇妙啦！"渡鸦拍手叫好。

这叫声惊动了礼品店的经理，他赶忙过来问："您有什么需要帮助吗？"

"谢谢！我非常欣赏这些小青蛙，只是价格太高。"渡鸦说。

"是吗？您可要知道，这里出卖的不是螺丝钉和螺丝帽几个冷冰冰的钢铁标准件，也不是批量生产的小玩偶，而是艺术家的创新精神和灵感！"

小渡鸦点点头，大大方方地说："您的解释令我信服。天趣可贵，创意无价。我全买了。"

黑色郁金香

黑色郁金香，花瓣是黑的，花茎是黑的，花叶也是黑的。花瓣上还有几颗小星星，闪闪生辉，美丽又神秘。

鬼节前夜，许多人排着长队，争相抢购这种黑颜色的花，惹得鬼怪们心里嫉妒。它们问黑色郁金香："小黑花，为什么人们都喜欢你？"

黑色郁金香微微一笑，回答：

"这很简单。我在告诉人们，不要惧怕死亡，死亡只不过是一朵乌云，悄悄遮上了太阳。今天我们活着，就高高兴兴地活着，要像一朵金色的郁金香；如果死去，就要安安静静睡下，要像一朵黑色的郁金香。而你们呢？就会龇牙咧嘴，张牙舞爪，吓唬胆小的人！"

残疾人的车位

深夜，停车场上的路灯依然坚守岗位，照亮四周。残疾人的车位空着，那黄色的标志图案——一个坐轮椅的人，很醒目。

路灯对它说：

"我发现，白天，不论车位多么紧张，有时开车的人到处转悠，也不停在你的位置上。甚至在夜里，也没有司机图方便，占据你的位置。"

"这是一种尊重啊。身体正常的人不愿再给残疾人增加负担。"车位说。

"这是一件小事，从中也不难看出人的道德情操。"路灯说。

车位想了一下，慢悠悠地说："也不完全是。关键是制定了相关的法律，乱停车的人会受到惩罚。"

"对！法律绝对需要。但是，也需要人们内心的感情。"路灯说。

"这是真的。"车位深有感触地说，"只有'双管齐下'，这种尊重才能持久，并且变成互相尊重。"

贺卡狂欢节

新年午夜的钟声敲响了，贺卡店里灯火辉煌。贺卡们开始了一年一度的狂欢节。盛会上，贺卡们都要表达一下自己的感想。

生日贺卡说："人的生命只有一次，当他降生时，有人关爱，这是一件美丽的事情！我正是爱的信使。"

情人节贺卡说："人生中最有意义的是爱情。当人们相恋时，我就是爱的天使。"

鬼节贺卡说："人们活着，常常对死亡心怀恐惧。有了鬼节，人们会了解一点死亡，就不那么害怕了。而我，能把鬼节戏剧化，把鬼和死亡变得好玩、逗乐、幽默，使人们活得更轻松。"

接着，教师节、儿童节、老人节、妇女节、母亲节、父亲节、圣诞节、新年、感恩节等等贺卡相继发言，大厅里掌声阵阵，十分感人。

最后，贺卡主席讲话：

"我们确确实实是平平常常的小纸片！可是，一旦有了感情，就成为生活中不可缺少的纽带，给家人和朋友带来温馨，给社会带来祥和。"

突然，商店经理闯进来，打断了主席的讲话。他向大家深深地鞠躬，说："你们的功绩，我铭记在心！谢谢你们所做的一切！同时，谢谢你们给我带来巨大的财富！"

T恤衫

老狐狸过生日，十二岁的孙子送给它一件T恤衫。

这件礼品上印着犹他州夏季的主要运动项目：登山、划艇、自行车。

寿星一看，笑着说：

"这使我想起在大学读书的美好时光！参加各项体育运动，划船、登山、骑自行车，那可是美好纯真的岁月！"

家人告诉它，孙子经常给家里花园除草、扫雪、帮助洗碗、倒垃圾，积攒了不少劳务费。它正是用这些钱给老寿星买了这件T恤衫。老狐狸一听更高兴，兴奋得喝了一大杯红葡萄酒，借着酒兴，感慨一番：

"这是爱的教育，有血有肉，真实可信，比那些空洞的大道理强。有了这样坚实的教育，学会了生存本领，在未来的路上，脚步会更稳。"

老狐狸太激动了，它把T恤衫穿在身上，说："孩子，努力，考上大学！夏天要去登山、划船、骑自行车！"

雨燕和尼亚加拉大瀑布

从近处观看尼亚加拉大瀑布，银狐狸和小喜鹊穿着雨衣，仍然被弄得满脸雾水。

"快看！几只鸟被瀑布卷走了！"银狐狸惊恐地大叫。

小喜鹊仔细观察了半天，笑道：

"少见多怪！这是雨燕！它们就在瀑布水帘后面安家！"

"有这种事？！"银狐狸硬是不相信。

"你睁开眼睛看啊！雨燕这样做，绝对安全。它们在水帘后面繁育后代，受不到任何猛禽的伤害。"小喜鹊向银狐狸耐心解释。

"啊，啊，啊。"银狐狸含糊地答应着，仍然不相信自己的眼睛。

小喜鹊说："世界就是这样，万物都有自己的规律，不管你信不信，事情照样发生！好好瞧瞧，雨燕在飞翔！"

是的，雨燕在飞翔！

纽约中国城

银狐狸和小喜鹊来到中国城。中国古代的牌楼、宫灯、福字、楹联，一派中国风。它们看着店铺的汉字，听着乡音，感到十分亲切和熟悉，可是，看到店铺遵循着古老的礼仪，货架上摆满古色古香的中国商品，又感到十分陌生。

"我的天！我们回到了老祖母的时代！这太像做梦了！"小喜鹊说。

"也许，我们走得太快，一味追求新的，把那些古朴自然的东西，把那些我们不理解的所谓陈旧的东西，遗失在路上了。"小喜鹊说。

"没有想到，在纽约中国城还保留着我们的一点纯真！我是多么希望，今后，在没有弄明白梨子的真滋味之前，别忙着大砍大伐梨树！"

信　箱

邮递员开着邮车停在一家信箱前。

这不是一般的信箱，是一条凶恶的龙。只见它张开双翅，吐出长舌，爪子下面紧紧抓住一间房子——小信箱。

邮递员对龙说：

你是整个城市最特别的信箱！不用看号码，我就知道。"

"那是当然，我的主人是全市最特殊的艺术家！"信箱说。

"特殊归特殊，你必须有一个和大家相同的东西——小盒子，否则，我无法给你信件。"邮递员说。

"我当然有小盒子！这叫个性和共性的统一。"龙扇动两下翅膀，吐吐舌头，说。

"哈哈！你这头凶龙什么时候学会了酸溜溜的哲学腔？"

"我成天泡在艺术家的大染缸里，身上自然有点色彩！坦白地说，我的主人自由创作，同时，恪守道德法则，他特殊，又不特殊，所以，艺术成就斐然啊！"

自由女神没有眼泪

旅游船围绕着自由岛缓缓行驶。岛上雄伟的自由女神右手高举火炬，左手拿着《独立宣言》，脚下是打碎的镣铐和锁链，欢迎每一个向往自由的人。这座法国人民送给美国人民的礼物，从1886年建成，已经经受一百多年的风风雨雨，依然英姿勃发，令人景仰。

银狐狸和小喜鹊一边欣赏壮丽的风景，一边闲聊有关女神的故事。

"你看看，自由女神手里拿着《独立宣言》，如果改成《人权宣言》不是更好吗？"小喜鹊问。

"你不独立，哪里来的人权！别胡思乱想好不好？"银狐狸说。

"你瞧瞧，女神头上的装饰带有长刺，它是什么？"小喜鹊又问同伴。

"据说，那七个长刺代表七大洲和五大洋。可是，我联想到耶稣受难，说不定那是荆棘花环吧。"银狐狸猜测着。

"有点道理，有点道理。争取独立和自由不是一件容易的事情嘛，女神受难，可以理解，可以理解啊。"小喜鹊认真地随声附和。

这时候，银狐狸看见小喜鹊从来没有过的恭顺，突然想捉弄它一下，就装作悲天悯人的样子，语调深沉地说：

"哎，说不定，女神还会流眼泪啊！"

"为谁流眼泪？"小喜鹊好奇地问。

"为自己啊！不是有一个作家说，自由女神在流眼泪嘛！"

"真的？我飞过去看看！"小喜鹊上了圈套，说着就飞走了。

它飞到自由女神的眼睛旁。

小喜鹊在空中高喊："自由女神没有流眼泪！"

"谢谢！我知道了！"银狐狸憋不住偷偷地笑。

是的，自由女神没有流眼泪。

"响鼓之洞"国家风景区两章

1. 山溪和堤坝

山上的雪融化了，点点滴滴的水沿着山体流下来，汇成清澈的山溪。山溪一路欢歌，叮叮咚咚，跌落成瀑布，在宽阔的平坦地面形成一个很小很小的活水塘。我没有想到，在这里居然有十几尾冷水鱼在游动！我无法理解大自然的奥秘，可是，我却听到大自然的声音。鱼儿在感谢山溪，感谢水的哺育，而山溪在感谢堤坝。

山溪说："钢丝网和鹅卵石编织的堤坝，使我们不会流散。当春天桃花水泛滥的时候，堤坝疏导我们，不让我们冲毁道路和树木，保护我们不消失在乱石之中。如此这般，我们才能清水充盈，长流不息，山溪才是美丽的山溪啊！"

2. 银 湖

银湖在山顶上，是美丽的天池。

湖边，桦林和苇草在秋风中欢唱和舞蹈。倒木和石头沉默着，细心领悟生命如水的哲理。正是它们，还有无数的野花和野草，构成了令人难忘的银湖风景。

我坐在倒木上。倒木对我说："如今的世界，有一种哲学，叫做'大丑就是大美'。我很丑，难道，我真美吗？"

倒木的朋友石头盯着我，等待我的回答。

这时，苇草摇着身子说："一些丑恶的头脑很恨美，在他们的心目中，凡是美的，都是丑的。"

桦树摆动着满头黄叶，也等待着我的回答。

也许，银湖知道我的尴尬，就接过话题，说：

"我漂亮吗？当然漂亮！我是由桦林、苇草、倒木、岩石，还有野花野草构成的！在我的眼睛里，你们都是不可缺的，都是美丽的！……我不懂那些哲学，更不希望这些空洞的哲学引起一场'战争'，把美和丑对立起来。其实，美和丑只是一种感觉罢了。……"

一只小蜥蜴一直在倒木下听着银湖的话。这时，它快速爬到我的身边，扯扯我的衣襟，说：

"我是小蜥蜴。我妈妈常说，我是最漂亮的小爬虫！"

"没错！"我长长出了一口气。

达·芬奇五章

1. 自行车

我刚刚走进达·芬奇大展的展厅，达·芬奇老人就迎上来，紧紧拉住我的手，半开玩笑地对我说："我的这点事，你不是早知道啦！还跑来干什么？"他的手很有劲，握得我的关节生痛。

"我只是读了点文字，没有看见过实物。"我说。

"那就瞧瞧吧！想飞，就乘飞行器或直升飞机；想下海，就乘潜水艇，或者，当一次蛙人！愿意玩玩坦克也行。不过，还是骑骑我发明的木头自行车吧，这也挺风光！"达·芬奇老人大大方方地说。

"您老人家的这些发明实在伟大，开了人类现代科技的先河！都是第一啊！可是，我真不想骑木头自行车逛街。那还不被人笑掉大牙！"我说。

"哈哈哈！我说你笨，你还不承认！你常常受到世俗的观念束缚！果真如此！你看不清事物的发展变化啊！如果，你真有胆量骑我的自行车上街，那可是一件大新闻，会产生巨大的轰动效应，一定成为时尚，许多人会效仿你！"

"哈哈，您老人家真够时尚！"

"没错！许多发明创造都是从追求新奇和时尚开始！没有这些冲动和需求，哪里有发明创造！自从我沉沉睡去，一觉睡了几百年，没有任何新的追求，一觉醒来，我的所谓发明全变成了儿童玩具！如今，世界有了许多我闻所未闻的东西，电脑、宇宙飞船、手机、电影……"

"老人家，您太自谦了！没有您的基石，哪有今日的大厦！另外，您的不朽的灵魂永远激励着后人！"

"你又来称赞我！好了，你快骑自行车上街兜风去吧！"

2. 蒙娜丽莎的秘密

走到"蒙娜丽莎秘密"的展室前，达·芬奇老人对我说："这部分，你看也行，不看也行。"

"为什么？"我十分不解。

老人耸耸肩膀，笑着说："好吧，进去吧！看一看就明白了！就我的一幅小画，专家们弄出了多少个蒙娜丽莎！这成排的好似士兵的蒙娜丽莎，哪一个是我的？"

我放眼望去，果然有成排的蒙娜丽莎！

"他们把蒙娜丽莎的鼻子、眼睛、嘴巴、眉毛都放大了，每一个毛孔也要进行研究！甚至，动用红外线摄影！至于吗？我不便讲话，有口难言，由他们弄去吧！做学问，研究问题，探索发现，当然很好。不过，走火入魔，或者捕风捉影，有什么益处呢？"

3. 笔记本

达·芬奇笔记本的原件放在玻璃盒子里供人欣赏。初看这手稿，字迹很规整，条理分明，还有精细的插图。可是，许多人看不明白，达·芬奇老人在上面写了什么东西。

人们感叹道："这是天书！天书！"

我也在观看。达·芬奇老人笑着问我："看明白了吗？"

"看明白了。"我回答，"这是您用左手反写的古意大利文，如果用一面小镜子一照，读镜子里面的文字就行了。"

"哈哈，你小子聪明！可惜，大多数人没有你这种耐心，也不去琢磨，自然就看不懂我的笔记了。其实，都是平常事。"达·芬奇老人说。

"是啊，耐心是一种克服困难的办法。另外，在平常事情上弄一点小花样，就把平常的事情复杂化，变成困难事！"我调侃着。

"你在嘲笑老夫？"达·芬奇指着我的脑门笑着问。

我也笑着回答："岂敢，岂敢！我吃了豹子胆？哈哈！"

4. 坦　克

我站在坦克模型前面，仔细观察内部的结构。

达·芬奇老人对我说："想开它上街玩玩吗？"

"老天，这是玩具吗？这可是杀人武器啊！坦白地说，您老人家可没有少发明这些作孽的东西！瞧瞧，这是大炮！这是攻城梯子！这是战车！"我指指周边的模型说。

"你别控诉我！"老人打断了我的话，说："它们仅仅是工具！如果它们在正义一边的话，会起伟大的作用啊！"

"那是当然！可是，万一落在非正义者的手里呢？"

达·芬奇老人看了我一眼，皱起眉头，低声对我说。这声音几乎是耳语：

"我知道，我知道！正因为如此，我不想把我发明的潜水艇的秘密公布于世！……哎，战争啊，战争，不管是什么战争，对老百姓来说，都是一场灾难啊！"

5. 双管象牙古笛

达·芬奇的象牙小笛在玻璃盒子里展出。古笛子并不算奇妙，象牙古笛也不算奇妙，奇妙的是双管的！谁能想象出达·芬奇吹奏双管笛子的情景？我正在琢磨，达·芬奇那悠然自得的神情，并想到，他不愿意和一般的事物并肩，总是在一般事物中增添点新花样，这几乎成为他的一条不成文的规律。这双管的笛子就是证明！我正在胡乱猜想。老人家走过来，拿出笛子对我说：

"哎，我年轻的时候，很好玩，常常还要玩出花样！人不能一天到晚工作，工作！不能像米开朗基罗先生那样拼命！人需要休息，需要娱乐。你说，是不是？"

他也不等我回答，就摇头晃脑地吹起小笛，那古笛子的声音悠远神秘，奇妙无比，几乎把我感动得落泪。

帝王蝴蝶

好似从飞机上抛撒下来无数彩色纸片，又像漫天的飞雪，难以计数的帝王蝴蝶在迁移，在飞翔。

飞越加拿大和美国辽阔的国土，赶到墨西哥米却肯州的保护区，不是一件轻松的事。

瘦小的蝴蝶姑娘阿梦儿用尽力气扇动翅膀，仍然被风吹得东倒西歪。蝴蝶小伙子阿芒岱立刻飞过去帮助，扶上一把。

下雨了，这是深秋的苦雨。雨打湿了阿梦儿的翅膀。它苦苦挣扎，还是跌落在草地上。小伙子阿芒岱立刻落在阿梦儿的身旁，用自己的翅膀保护着它，为她遮雨。

雨过天晴，它们晾干翅膀，飞上蓝天，又上路了。不料，飞来一只鸟，追赶着阿梦儿。小伙子横下一条心，一头撞向小鸟的眼睛。这舍身忘死的突然举动把鸟儿吓坏了，它急急忙忙飞走了，阿梦儿才得以脱身。阿梦儿在长途跋涉的道路上遇到这样的旅伴，心里渐渐感到安稳，何况，阿芒岱时时刻刻献上殷勤。

一个明媚的早晨，阿芒岱忐忑地问阿梦儿："你愿意嫁给我吗？"

阿梦儿深情地望着阿芒岱的眼睛，点点头。

温暖的墨西哥终于到了。它们望着太平洋碧蓝的海水，望着米却肯自然保护区碧绿的树木，缓缓地落在这个叫作"渔夫之家"

的地方，安了家。

阿梦儿和阿芒岱结了婚。

阿芒岱躺在妻子的怀里，幸福地闭上了眼睛，沉沉地睡去了。它再也没有睁开眼睛……阿梦儿抹了一把眼泪，悄悄对自己的丈夫说："你安心地睡吧。我一定回到故土，一定把我们的后代培养成人！"

一对蝴蝶这般坚贞，已经令人感动。千百万对蝴蝶都这般坚贞，世界又有何种感想？

爱情生活似乎无须漫长，只要有感天动地的深情！

旅　鸽

午夜的钟声响了，博物馆里的标本全都复活了！

旅鸽站在架子上一个劲地流眼泪。

大暴龙望着旅鸽，生气地咆哮：

"你成天哭哭啼啼，烦死人啦！！"

旅鸽说："过去，我们旅鸽在北美的大草原上有一亿只，飞起来遮天蔽日，好似一面不透风的大墙！可是，如今只剩下我一个孤零零的标本！连一个伴也没有，我能不哭吗？"

暴龙瞪了一眼旅鸽，叫道："哭有什么用！"

旅鸽说："我知道没有用。过去，我们觉得，众多是个优势，今天看起来，它从来就不是优势！对我们族群内部来说，是互相约制的包袱，谁也不能独立自主。对那些火枪来说，是最明显的靶子！"

"这全怪你们没有智慧的头脑引路！不懂得利用群体的优势！这怨谁？"暴龙说。

"你说怨谁？谁都怨！谁都怨！……呜呜呜！"旅鸽说。

暴龙有点听不明白，抓耳挠腮地说："不就是绝种了嘛！有什么了不起的！我们恐龙家族不是也灭绝了嘛！"

"那可不一样！"旅鸽说，"你们是遇到了不可抗御的自然灾害。当时，不仅仅是你们恐龙，与你们同时代的所有生物全是在劫难逃！而我们……呜呜！"

"别哭了！你们又怎么样啊？"暴龙问。

"如果我们不是自以为众多，招摇过市，如果我们善于思索，分散成不同的小群落，如果……呜呜！"

"好了，好了！不要再如果啦！世界上没有后悔药！"暴龙不再理睬哭哭啼啼的旅鸽，一跳一跳地找朋友聊天去了。

沉思的野牛

野牛在自然保护区里，一边啃青草，一边沉思。

山鹰落下来问："老兄，你成天低着头想什么呢？"

野牛回答："哎，真奇怪！我剽悍又英武，怎么会落得今天的下场？"

接着，野牛回忆起昔日光辉的日子，那时节，整个辽阔的美洲大草原都是自己的家，族群上百万，一个个好似坦克车，横冲直闯，无人可挡，几乎没有对手！

"后来，印第安人骑着马来了，长矛刺杀了你们！"山鹰说。

"不对，那些印地安人和他们的马并不可怕，再说，他们仅仅是为了生存。"

"是啊，是啊！后来，后来，"山鹰沉吟了片刻，说："后来火枪来了。为了切断印第安人的生命线，火枪手们甚至修建了大铁路，对你们野牛进行了灭绝人性的大屠杀……"

野牛望着天空，长长叹了一口气，说："现在，我悟出一个道理，仅仅是剽悍、勇武，仅仅是勇敢、顽强，绝对是不行的。放眼看看世界吧，那些和我们一样的民族，全是勤劳勇敢的人，结果又怎样？绝对不行啊！绝对不行啊！"

山鹰点点头，说："是呀！可是，你的反思还不算晚！如今的世界和过去的世界一样，比赛的仍然是聪慧的头脑！"

费城三章

1. 自由钟

费城自由钟博物馆里，大铜钟被稳稳地吊装在特制的架子上，供人欣赏和表达敬意。逆光望去，只要选择好角度，就可以清晰看见一条非常明显的裂纹，同时，还有一条难以察觉的细小的裂纹。它像一条细细的长蛇缠在铜钟之上，如果再敲这大钟，它会不知不觉地让铜钟轰然裂成碎块！

费城的自由钟沙哑了，不能再去呼唤自由了。大钟死了。可是，走进大厅的人仍然感到大钟在轰鸣，在心里轰鸣！

铜钟好似一个真正的猛士，在壮烈的战斗中倒下来，却生龙活虎般地活在人们的心中，并成为一种伟大的象征，因为它为独立和自由战斗过！

是啊，有的死者就是这样活在人们的心中。

2. 本杰明·富兰克林大桥

富兰克林是一位科学家、哲学家、作家和政治家，曾任美国总统。费城人民为了纪念他，把当时世界上最长最雄伟的大桥命名为富兰克林大桥。

——题记

一个人躺在河上，变成了一座桥，让两岸人们互相交流和理解。这是一种多么神奇和了不起的事情！

费城特拉华河上，美国总统本杰明·富兰克林就躺在那里。

能够成为钢铁大桥的人令人景仰。

我自己呢？努力做一个独木小桥，横在叮咚作响的小溪上吧。

3.love

Love，爱成为一座雕像。四个英文字母交叠在一起，令人耳目一新。

有情人、年轻人、老年人和孩子们都喜欢在这座雕像下走一走，坐一坐，流连忘返。

还用解释这种现象吗？

有爱的地方有阳光啊！

哈佛大学两章

1. 校长纪念像

哈佛大学校长纪念像前，总有无数游人在摄影留念，无意之中，校长大人的皮鞋都被摸得溜光铮亮。可是，这座雕像却不是校长本人！

说起来话长，决定为校长立像的那个年代，找不到哈佛的图像，照片没有，画像也没有，也就是说，没有人确切知道校长真实的模样。情急之下，全校师生用最民主的方式，选出最漂亮的学生当模特，替代校长。这种类似恶作剧的办法，令人忍俊不禁。为此，哈佛大学的学生几乎没有一个在雕像前留影，更不用说去摸校长大人的皮鞋，倒是有调皮捣蛋的学生深更半夜在雕像上撒尿！

谎言也好，恶作剧也罢，丝毫改变不了大学的严肃校风。教授和学子们一个个都顽强坚韧，不倦地探索，拼命追求着真理。

这种精神延续至今，难怪，许多国家的元首是这里的毕业生！

年轻时代的过失和恶作剧，其实，算不了什么。要看的是，长大成人之后的所作所为。

一个大学如此，一个人也如此。

2. 赑　屃

初冬时节，哈佛大学校园里的树木叶子几乎全部落光。中国留学生送给母校的礼物——一座巨大的赑屃石碑，披上绿色的防雨外衣，被精心地保护起来。

石碑默默地站在草地上。赑屃是龙的儿子，最有忍耐精神，是勇挑重担，任劳任怨的英雄。

哈佛校园里静悄悄，赑屃好像进入了冬眠。

——题记

秋风吹动，一片又一片枫叶在哈佛大学的校园里悄悄飞落。

赑屃迎着秋风，一双明亮深邃的眼睛望穿波涛汹涌的大西洋，望着万里长城矗立的地方。

"又想家啦？"一片秋叶飘落在赑屃的身上。

"嗯。"赑屃点点头，"对于我的家乡，我心中有话要说啊。"

"你这个远离故土的孤儿，想说什么呢？"秋叶问。

"文明很伟大，也很脆弱。想一想，大洋洲的传说，说消失就消失了！而建设一个文明却需要许多时日。"飂厉说。

"就是这些啊？"秋叶笑着说，"全是常识，人人都懂呀！"

"正是人人都懂的事情，人们常常犯糊涂！"飂厉轻轻咳嗽两声，接着说，"我只是希望，人们都懂得珍爱古老的文明，懂得尊重自己的传统。"

枫叶用心听着，不停地点头："这些真话，我一定请大雁捎给万里长城。"

"我先谢谢大雁！"飂厉的眼睛里晶莹的泪水在闪动。

总统袍子下面的玉米棒子

杰斐逊纪念堂里，总统在长袍子下面藏着玉米棒子、书籍和古代希腊罗马的石柱。杰斐逊是一位农学家、哲学家和建筑学家，如今当上了总统，对自己的爱好难以割舍也得割舍！他曾以大海一样的胸怀起草了美国《独立宣言》，担负起治理和建设国家的重任。是啊，比起国家的利益，个人的爱好又算得了什么！

如今，他昂起头，目光炯炯地望着远处的白宫，好似在问："接班人啊，把国家利益放在第一位了吗？"

纽约四章

1. 纽约之夜

橙色的圆月亮升起来，望着灯火辉煌的纽约。

一架巨型飞机呼啸着飞过，差一点擦伤月亮的脸！月亮回望通向机场的高速公路，只见那滚滚的车流形成光的河流，一条迎面跑来，是黄色的灯河，一条向远方奔去，是一条红色的激流。突然，车流停下，堵塞，堵塞！隧道、隧道、加油站、加油站、码头、码头、光怪陆离的霓虹灯、光怪陆离……月亮听不到人的叫嚷，只有汽车轮胎的磨擦声如雷贯耳，远处传来救护车声嘶力竭的求救声和警车的鸣笛。

月亮摇着头自言自语："如果想寻求宁静致远，可别到纽约来！如果论高洁和淡雅，十个纽约也不如我这一面镜子！"

2. 荷兰隧道

天堂里的工程师荷兰先生想看看自己在上个世纪设计的隧道，利用万圣节放假的机会回到故地纽约。不看不知道，一看吓一跳。昔日那四轮大马车不见了，听不到那"嘚嘚"的马蹄声，看不见那头戴大礼帽的马车夫，更无法目睹打着太阳伞的风情万种的淑女们。如今，老工程师的眼前，是一眼望不到头的红色车灯，如同一条闪光的大河，滚滚流去，而从另外的方向观看，是黄色的车灯，好似一条黄金的激流，滚滚奔来。

老工程师突然感到，自己设计的隧道太窄、太矮、太小了！隧道里有些拥挤。尽管他设计了当时世界上最先进的通风系统，可是，他的灵敏的鼻子仍然感到了一种十分微弱的汽油和粉尘的混合味，还有汽车轮胎的味道。老工程师离开隧道，想在门口等一辆马车。汽车的洪流立刻使他明白，时代变了。他拍拍自己的脑门，自语："我的马车时代结束了！所谓先进，只是一时，随着时间的推移，会变成落后。好吧，我再设计一条新的荷兰隧道！"

3. 铜　牛

> 铜牛是华尔街的象征，可是，它偏偏不在华尔街上！它在鲍林格林公园。它的设计者是意大利艺术家阿图罗·迪·默迪卡。铜牛高 3.4 米，长 4.9 米，重 3,200 千克。
>
> ——题记

天刚蒙蒙亮，两名警察就来到鲍林格林公园执勤，守候在铜牛身旁，准备疏导参观的人流。

铜牛向警察打个招呼，说：

"不知有多少人到我这里朝拜，摸摸我的鼻子，想借用一点牛气，一举冲天。瞧瞧，我的鼻子都被摸得溜光锃亮，说不定哪一天，我的鼻子被摸没有了！哈哈！这么多人涌过来，害得你们警察也不得安生啊。可是，这些喜欢做黄金梦的人，常常忘记一件事：我有一个形影不离的铁哥们，那就是熊老弟！哈哈！"

听了这话，俩警察也乐得前仰后合。

4. 林则徐铜像

来纽约旅游的中国人几乎都要到唐人街逛一逛。林则徐老人每天看着故乡人来来往往，心中说不清是什么滋味，有时高兴，有时忧愁，有时愤怒。

一天，老人看见有人在大庭广众面前吸烟，皱着眉头说：

"不知道我们用了多大气力，做出多大牺牲，才禁止了鸦片，可是，中国人的衣兜里还装着香烟！你们在华盛顿纪念碑前吞云吐雾，在华尔街上乱扔烟头！实在让人无法忍受！大家都知道，在美国公共场合很少用汉字，可是，在博物馆前的大门上赫赫写着'禁止吸烟'四个汉字！想一想啊，为什么不写日文？为什么不写俄文？为什么不写西班牙文？为什么偏偏写汉字？不感到脸红吗？陋习是一种精神的贫困，不能再穷下去！"

巧克力世界

一走近巧克力大世界，香喷喷、甜蜜蜜的空气迎面扑来，让人的胃感到温暖。欢快的乐曲在耳边回响，让人有一种手舞足蹈的冲动。

"快，快，快！坐上巧克力小火车！沿着巧克力之路，来一次巧克力之旅吧！"三头卡通荷兰母牛笑着唱着向游客们问候。

巧克力加工先从牛奶开始。接着，小火车驶进可可丛林，翻过山，跨过河，走近巧克力的历史，窥探巧克力的秘密。小火车上的游客们一路上尖叫欢笑不止。本来干干巴巴的烘干机、粉碎机、管道和包装机好似都有了生命，游客们看得津津有味，成了巧克力的朋友。

"科学技术本来就不冰冷，它们一旦和艺术融合，会给世界带来无比的快乐。"我有所悟，高高兴兴地说。

"哈哈，学究先生，你说的对！"巧克力奶牛半开玩笑半认真的说，"让那些狭隘的、封闭的和割裂的思维方式见鬼去吧！"

康宁玻璃博物馆

　　玻璃加工表演场好似大学的阶梯教室，又像一座小剧场，坐满了参观的人们。宽敞的舞台就是一座加工车间，电炉里火焰熊熊。高级技师在助手和翻译的配合下，用不锈钢管蘸上一团炙热的橙红色泛着白光的玻璃浆液胶。这玻璃浆液胶黏黏呼呼，像一团可塑的黏土，闪着扑朔迷离的光，里面好似有什么精灵在流动。技师自如地旋转、摇晃、挤压、甩动它，甚至用嘴吹，几经反复，多次烧炼，一件精美的玻璃艺术品"千呼万唤始出来"。台下掌声雷动。

　　冷却下来的玻璃渐渐露出真面目，原来是一只天蓝色的大花瓶！想不到，光彩照人的花瓶开口讲话了。

　　它说："请大家再给技师——我的父亲一些掌声！老人家的手艺实在高明！世界上所有的手艺都是昔日的文明。轻视古老的手艺是一种无知，忘记古老的手艺是一种罪恶！就玻璃而言，在新材料研究上，在高科技的应用中，玻璃还有更广阔的空间！不要以为，玻璃就是空空的啤酒瓶！"

白房子

三架直升飞机轰轰隆隆飞过白房子的屋顶，其中一架落在白房子前面的草坪上，从飞机上走下来总统大人。

两架直升机还在天空飞旋，它们在空中聊起来。

"总统走进的白房子，有 132 个房间，35 个卧室，412 个门，147 扇窗户，3 部电梯，还有网球场、游泳池、小保龄球场、电影院、高尔夫练习场。"一架直升飞机如数家珍。

"这房子可够大的。可是，总统一家只能住四年，如果它运气好，连选连任，可以再住四年。另外，这房子他不能关门独享，必须对外开放，平均每天要接待 5000 人！"另一架直升飞机也了解内情。

"哈哈，总统的家成了参观点！"

"这很对！公开，透明，这叫政治上的清明！好处多多呀！起码，总统大人不能在院子里种自留地，开小片荒呀！哈哈！"

落在草坪上的直升飞机离开地面，和天上的同伴会合。三架直升机轰轰隆隆地笑着飞走了。

黑 猫

　　几个从中国来的中学生和我一同游览尼加拉大瀑布。在游客中心我们一同观看宽银幕电影《尼加拉瀑布》。电影中有一个非常幽默有趣的故事：

　　一位强悍的夫人带上自己的宠物——黑猫，钻进一个大木桶里，让朋友把木桶封死，再把他们推入汹涌澎湃的尼加拉河。大木桶顺流而下，伴着轰鸣如雷的水声，从高高的悬崖跌入万丈深渊……木桶从大瀑布上跌下来，在波涛中不见了踪影！

　　在下游焦急等待的朋友们望眼欲穿。

　　突然，一个孩子大叫："看！木桶！"

　　木桶在平缓的水面上漂浮，完好无损。大家用尽力气把它靠上岸，并急急忙忙把桶盖打开。强悍的夫人有点吃力地爬出桶，顽强地站起来，在朋友的帮助下，摇摇晃晃地走上岸。可是，不见了那只黑猫。人们正在疑虑，突然，一只白猫从木桶里探出脑袋！

　　"哈哈！"银幕前的人都笑了。

　　这时，一个学生悄悄问我："我们家的那些贪吃贪睡的黑猪，也能变成白的吗？"

　　我想笑，又笑不出来，也不知道如何回答。

麻省理工学院两章

1. 地图背面的激励

麻省理工学院是一个不设围墙的大学，校园的大街上，游人如织，店铺林立。路边有地图，上面标明道路名称和各院系的位置。有趣的是地图背面，黑黑的背景上有一个红色的方块，方块上面是 MIT，下面是＋150，好似一个谜语，让人猜想。导游小姐解释说，这个 150 指的是智商，学院的学生在德智体全面发展的同时，要加上 150 的智商。

一位先生说："天啊！我们认为十分聪明的天才，他的智商不过 174！这对学生要求太高了！"

这时，默默无语的地图开始讲话了：

"这有什么奇怪的！正因为我们有了这样的激励体制，要求每个学生发奋向上，学院才培养出无数的英才！"

2. 数字人像

在麻省理工学院的图书馆门前，有一座数字人像。具体说，人像是用阿拉伯数字堆砌叠而成，不见人的面目，没有鼻子眉毛眼睛和嘴巴，只有一个空空的脑壳、脖子和上半身。不锈钢的雕像，在阳光下闪闪生辉，那一个个东倒西歪的数字十分抢眼，许多人围观。有的人皱眉，有的人嘲讽，有的人评说，有的人议论。

"如果，一个人没有头脑，就像这雕像一样，没有脸面，浑身上下只剩下干巴巴的数字。"

"我看，只顾及生活中的 123，人会变得丑陋。"

"从化学上分析，人确实是由最简单的元素组成。"

"这是现代艺术，雕像就是雕像，没有那么多哲理！"

……

十个欣赏者，有十种不同的见解。

图书馆大楼看着，听着，笑着。

它说："各抒己见，百家争鸣，这是一切伟大的学院应该具备的自由度！哈哈，庆幸的是，这也是我们学院一贯倡导的学风！"

会聊天的龙虾

波士顿月宫餐厅，雪白的餐桌上摆上一大盘鲜红的龙虾。

我左手拿叉，右手拿刀，正准备大饱口福，不料，龙虾举起大螯，开口讲话：

"且慢！先生，在您吃我之前，能不能和我聊聊天？"

我吓了一跳，心里骂了一句："活见鬼！"耸耸肩膀，说，"好吧！"

"您乘船游览了龙虾湾了吗？"

"游了。龙虾湾风光很漂亮。"

"您看到停在岸边的'宪法号'大帆船了吗？"

"看到了。可惜，没有时间登船，看一看这活动的水上博物馆。听说，从它下水到光荣退休，打过许多海战，全部获胜。哈哈，一个常胜战舰，战无不胜啊！"

"战无不胜啊！"龙虾举起大螯比比画画，十分夸张地学着我的腔调，嘲笑我，"什么战无不胜！如今，它和军舰对垒，会立刻被炸成碎片！"

"有你这样推理的吗？"我有点不满。

"当然有！我就是！世界上的事物不可能一成不变！也不存在永远战无不胜这档子事！过去，波士顿海湾是我们龙虾的水域，到处都可以看见我们龙虾的身影，我们可以横行霸道！所以，人们给海湾起了一个名字，叫龙虾湾！可惜啊，可惜！如今只剩下一个空名！"说到这里，龙虾沉默了。

"我看，是过度捕捞的结果。"我打破沉默。

"是啊，我们以为，龙虾众多，是不可战胜的，或者说，是战无不胜的，结果，我们快绝种了！好了，不想再多说这伤心事！现在，您可以动手了。不过，我还得告诉您，过去的龙虾比今天的龙虾大多了。我现在是人工养殖的，不够一尺长，过去的龙虾两尺长，一个龙虾够两个人吃！好了，好了，您要放下刀叉，用特制的钢钳子夹破我的大螯，扒开硬壳，用手拿着吃！土老帽！"

偷走太阳的大乌鸦

我急匆匆赶往美洲印第安博物馆。

一只大乌鸦落在我的面前，对我说："快上来！我带你飞过去！"

"你是谁？"我问。

"我是印第安人的保护神和图腾，偷走太阳的大乌鸦。放心，快上来吧！"乌鸦说。

我赶紧爬上乌鸦背，一眨眼的功夫，就来到博物馆门前。这是一座精心设计的建筑，非常考究，看去像印第安人的土楼，四周有山水环绕，再现了印第安人的生存空间。

乌鸦落地，摇身一变，成为一个英俊的印第安少年。

"我给你当导游！"少年笑着说："为了向印第安人的传统、生活和文化致敬，美国政府建了这座世界一流的博物馆。好，请进吧！"

少年领着我从一楼到四楼，看了演出和电影，看了展品，参加了交流会，买了纪念品，还请我品尝了印第安风味，喝了一杯热乎乎的巧克力。对了，巧克力是印第安人发明的哦！

少年领我从大楼里出来，说："博物馆周围的环境是博物馆的重要组成部分，是根据印第安人生活习惯和传统布置的。瞧，这是一块灵石，叫爷爷石头，一共有四块，分别放在东西南北四个方位，其它的灵石，也放在关键的地点。这瀑布就是用灵石垒成的。瀑布流水欢歌，围绕博物馆绕了半圈，流到正门前。此外，还根据印第安人活动的空间，设计了湿地、草原和开垦区。瞧，在湿地，种植了野生稻米、毛茛、灰色柳，水中有荷花。这草原上，种植了金光菊花、向日葵和野草。在这开垦区，种了玉米、蚕豆、南瓜和烟草。整个园区，种植了三万三千棵植物，树木有红枫、原始的漆树和白杨等等。在面临大街的一侧，安放着艺术家手工雕塑的五件巨大的陶器，全是印第安人的风格，名字叫'永远在变化之中'。你可以在这里留影！"

我听着少年的讲解，心里十分感动。

我说："一切都是精心安排，一切都散发出艺术气息。我真正体会到了对印第安人文化的尊敬。"

少年又变回大鸟。我注意到，它嘴里正叼着一个闪闪生辉的小圆球。那就是远古时代的太阳！

我爬上鸟背。

在飞行途中，乌鸦对我说："这好比是一件精美的瓷器被粗暴地打碎了，又想方设法把它粘在一起，表面看还可以，可是，那伤痕是无法平复的。"

"如今，人们知道了尊敬和珍惜，不是也很好吗？"

"当然，当然！这叫'亡羊补牢'啊！"

山 风

山风一如既往，吵吵闹闹吹醒了黎明。它一边抽打着瓦沙切·郎岚山峰上的乌云，一边耀武扬威。乌云下方，太阳刚刚照到的地方，一片殷红。那是被山风抽打流出来的鲜血吗？山杨树和枫树瑟瑟发抖："山风，别这样吹了！别这样！"

在树上栖息的小鸟像秋天的落叶，一哄而散。

太阳冉冉升起，乌云渐渐消散。山峰醒来，伸伸懒腰说："多么晴朗的一天！"

山峰根本没有理会山风。可是，山风还在吹！

太阳说："让这些空洞的老调停止，真是太难了！"

林肯纪念堂

夕阳给林肯纪念堂镀上金色。美国每一个州都变成了罗马石柱，以字母的顺序排列开来，支撑着纪念堂的屋顶。阿拉斯加和夏威夷迟到了，它们就融入大理石的台阶，成为纪念堂基石的一部分。

我怀着崇敬的心情，一步一步地蹬上台阶，走近金碧辉煌的纪念堂，期待着向心目中的英雄致敬。

我一步一步地走向林肯。他是一位崇尚平等，并以毕生的精力粉碎了美国的奴隶制度、解放了黑奴的英雄。

林肯端坐在椅子上，和善地望了我一眼。

我立刻把心里的话告诉他："一个人的伟大，不在于他有多么大的权利，也不在于他有多么显赫的家庭，而是看他如何平等待人和如何为他人谋福利。您就是一位这样的伟人。"

林肯笑了，说："谢谢。可是，您只考虑到一个人。我是总统，我需要考虑整个国家。一个国家的伟大，不在于有多么辽阔广大的疆土，也不在于有多么悠久辉煌的历史。而在于是否尊重民主的传统和提高人民的生活水平。这才是我非常关心和经常考虑的。您可以转告世界，美国有一个叫林肯的人，他说了，贫穷和没有民主，就像过去美国南部的社会，保留着奴隶制度，迟早要土崩瓦解！"

《蓝色狂想曲》

犹他州艺术中心正在上演格什温的《蓝色狂想曲》。我第一次坐在现代的辉煌的音乐厅里一本正经地聆听格什温的作品，心里多少有些激动。回想起世人对音乐家的褒奖，感触不少。

——题记

音乐响起，钢琴好似发了疯地作响，整个舞台和大厅都在震动。乐曲就是一匹蓝色的野马，抖动长鬃嘶叫，扬起前蹄腾跳……

那些火辣辣的批评、指责，甚至咒骂都过去了，那些火辣辣的吹捧、赞扬也归于平静。20世纪20年代的《蓝色狂想曲》，从新潮、前卫、现代已经变成新的古典。人们对那些"暴动"的音乐，不再大惊小怪，并且，能够跟着哼哼两句。

音乐会中间休息，一些人在前厅闲聊。

"新的音响出现的时候，不要去阻挡，也无法阻挡，叫它尽力轰鸣吧！到了一定时候，它自己会沉静下来。"

"这些音响，不正是我们年轻时喜欢的嘛。老爸爸们不喜欢，不高兴，可是，今天，他们不是也来听了，还高高兴兴鼓掌哩！"

小鸟交响乐团

阔叶树林里，小鸟交响乐团要举办盛大的演出。小男孩们穿上燕尾服，戴上黑色的领花，很庄重；小女孩们穿上拖地长黑裙，十分典雅。音乐老师和女孩们一样的装束，提着指挥棒走上舞台，简短地向台下的家长们和客人们介绍乐团之后，转过身去开始指挥。盛大的演出就这样简简单单开始了。

岳华林里的鼠兔历来喜欢繁文缛节和花架子，看到音乐会这样开场，就问台下的艺术总监："没有报幕人吗？没有主持人吗？为什么不请大人物致开幕词？为什么不请名流致辞？为什么不请最大的人物宣布开幕？……"

艺术总监被问糊涂了："为什么这样？对我们的演出有益吗？"

"难道你们不请一些人来帮忙吗？"

"我们请了。"

"请了谁？"

"莫扎特、贝多芬、韩德尔、格里格、波切里尼、门德尔松、巴赫、维瓦尔蒂、利姆斯基·可萨科夫……"

"哈哈，他们都是已经过世了的老牌音乐家啊！"

"我们演奏他们的曲子，他们就活在我们的心里，他们支持我们！你说的那些人物能和他们相比吗？"

喜欢花架子的人无法理解尊重真实技艺的道理，在他们看来，吹吹呼呼，咋咋呼呼，外表的功夫比基本功重要。

鬼节趣事三则

1. 一捆玉米秆

鬼节快到了，玉米秆被堂堂正正的放在货架上，标价为每捆9.99美元。许多商品对这大地里的废物受到这样的礼遇很不服气：

"这些破玉米秆除了粉碎作肥料之外，还有什么用处！值这么多钱嘛！"

商店经理自有打算，他一边一本正经地用红绸子捆绑玉米秆，一边说：

"玉米秆很不一般！它代表着大丰收！鬼节期间，放在院子里，就是让鬼知道，人间的日子不错，农业大丰收。妖魔鬼怪可以把这些玉米秆拿走。风水大师们都说，玉米秆辟邪啊！"

经理推销有术，一捆捆玉米秆很快卖光。

"啊，原来如此！"商品们嘟嘟囔囔："都说'物以稀为贵'，这仅仅是事物的一半，如今，'时尚文化'明目张胆地掏人们的钱包啊！"

2. 被出卖的阎罗王

阎罗王听说，在美国西部一个不见经传的小城桑蒂，为迎接鬼节，一家鬼节城开张，专门经营鬼节用品。

阎罗王好奇，就带上牛头马面巡查一番。他们一进鬼节城，好似回到十八层地狱，所有的妖魔鬼怪全部到齐。更令阎罗王惊奇的是，许多现代的鬼怪，声光电火，轰隆作响，很有趣，很好玩。他们正在专心玩赏，突然，经理跑过来。阎罗王他们躲闪不及，只好摆个姿势，僵在那里。经理走过来，上下打量阎罗王和牛头马面，把营业员叫来，说：

"这三个东西从什么地方进的货？是中国制造？"

"没有找到商标！可能是中国制造。"营业员回答。

"赶紧查明！这三个东西造型新颖，多年不见啊！多进点货，来个大热卖！！"

经理急匆匆地走了，营业员也去办事。阎罗王和牛头马面急忙脱身，逃出鬼节城。

"哈哈！我差一点被卖了啊！"阎罗王哈哈大笑。

3. 骷髅鬼和海盗船长库克

礼品商店的正门最醒目的地方，骷髅鬼和海盗船长库克驾驶着一只帆船在风中航行，船上摆满了大南瓜、巧克力、糖果和五光十色的节日礼品，享受着尊贵的地位。一个多月以来，它们出尽风头，帮助商店卖了许多商品。骷髅鬼和库克对自己的能力非常满意。如今，鬼节已经过去，经理决定把骷髅鬼和库克船长撤了，换上大火鸡，迎接感恩节。

"这很不好！很不合适！"骷髅鬼大叫。

"很不合适啊！"库克也大喊。

经理听到骷髅鬼和库克的叫嚷，说：

"你们享受特权的时间太长了，有点忘乎所以！为了维护自己眼前的地位，你们大喊大叫，撤下你们不合适。对我来说，对商店来说，对购买货物的顾客来说，撤了你们正合适！"

孤独的小号

华盛顿特区的林荫路上，回荡着小号清脆嘹亮的乐音，顺着声音望去，一位黑人乐手正在金色的枫树下忘情地吹奏。

悠扬的号声带着苍凉的颤音在晚秋晴朗的天空下覆盖了整个

特区，声音显得很大很亮，感动得路边的黄叶纷纷飘落，也许，这就是诗人所说的，秋天被感动的泪水吧？

号手孤独一人，猜不透他是一位音乐学院的高材生，还是一位高雅的行乞者，或者是一位职业音乐人？路人远远地停下脚步，慢慢地绕着走，生怕打扰了他。巡逻的警察站在路边，伴随小号忧伤的节奏，点着头。我也被青铜般有力的号声弄得眼睛湿润。

这幅画面是生活的一部分，也可能是不太好理解的一部分。冥冥之中，有一种声音告诉我：千万不要上前打扰他！什么问题也不要去问！感情的宣泄，有它宣泄的道理，就让它自由地宣泄吧！你老老实实听着就是。

艺术拥有自由的天宇，才有这般感人的力量。

自由表达的艺术，才是真正的艺术。

"蜂房" 三章

"蜂房"是犹他州首任州长杨百翰在盐湖城的驻地和私人住宅的昵称。他曾引导开拓者齐心协力，像勤劳的蜜蜂那样，团结互助，艰苦奋斗，走出困境，建设起美丽的家园。这"蜂房"体现了开拓者创业精神。

——题记

1. 误　解

我走进"蜂房"，满脸胡须的杨百翰画像笑了。他伸出手紧紧握住我的手，走出画框，陪同我参观。

"蜂房"表面看很小，其实有许多房间，楼上楼下像一座迷宫。我们边走边聊，不知不觉之中，扯到个人隐私。杨百翰老先生说："有人讲，我有几十个孩子！事实上，在那个艰难岁月，我收养了50名孤儿。"

说到这里，杨百翰老先生有些激动，他干咳了两声，接着说："误解啊，总是存在！即使真相大白，那误解的影子依然存在，并且遮挡一部分阳光，使一些人仍然在误解的阴影里看世界。"

我看了一眼老先生，哈哈笑着说："是啊，误解总是存在！但是，公道也总是存在啊！如今，您的住处成了历史文化遗产，让人们前来瞻仰，不是很说明问题吗？"

2. 工具箱

杨百翰先生让我看他的工具箱，还看了小巧玲珑的缝纫机。回忆起往事，他自豪地说：

"我是一个好木匠，好泥瓦匠，好铁匠，还是一名好裁缝！"

他挥挥手，指着眼前的家具，兴奋地讲：

"这些桌子和柜子，全是我自己亲手做的。我还可以修房子，打铁，给马挂马掌，还会给姑娘做裙子！哈哈！"

老先生停了片刻，神色庄重地讲："这些技能，坦白地说，全是逼出来的！人们要生存啊！你自己不干，谁干？！"

我接过话题："大概，你自己干还不行，还得领导大家干！"

他兴奋地拍拍我的肩膀，说："没错！你说的对极了！我要引导大家去活！明白？去活！要给他们力量，给他们希望，给他们具体的帮助，要让他们看到幸福！而不是用下地狱和最后审判吓唬他们。事实上，那个年代，在风雪里干活，在泥泞中跋涉，饥寒交迫，我们就是在地狱中，就是经受着最后审判！如果松松手，立刻就完蛋，只能握紧拳头！"

"这是团结的力量啊！"我说。

3. 切开的苹果

"蜂房"的小卖店，柜台上一个玻璃罩里摆放着几块切开的苹果。

"有这样卖苹果的吗？"我问。

"有，在那个年代，就是这样卖！"杨百翰老人斩钉截铁地回答。

我望着那苹果，半天不知道说什么好，感到一种别样的滋味，一种难以言表的苦涩。

"有什么感想？"老人盯着我的眼睛问。

"有。"我毫不犹豫地回答："今后，青苹果也会很甜。"

琳达奶奶的故事四章

1. 见面礼

琳达奶奶从圣迭戈乘飞机来看我们，和我们一同过感恩节。

第一次见面，老人家送给我们的礼物是一张《圣迭戈新闻》的剪报！接过来细看，上面是大熊猫的彩色照片，文字说明是，中国大熊猫在圣迭戈动物园产仔。全城正在为小家伙起名。已经有十几个名字进入决赛圈，"小礼物"这个名字可能胜出。

有了这张剪报，整个下午和晚上，熊猫成为我们的话题，我们和琳达奶奶的距离也拉得很近。这是任何礼物也无法替代的！

这件事使我更加明确：礼物的意义不在于多寡和厚薄，全看它内在的意义！

那张小纸片向我挤眉弄眼，十分得意地说："中国有一句古语：千里送鹅毛，礼轻人情重！哈哈，我就是当代美国的鹅毛！"

2. 会说话的墙壁

太阳光照在一座十分简朴的房舍上，太阳公公惊奇地发现，房舍的墙壁上有许多别出心裁的装饰：

铁皮弯成的四条游鱼在水草中游动；

小陶罐像一串串风铃挂在一起，发出低沉悦耳的声响；

小蜥蜴一家四口，穿着五彩缤纷的衣服在寻找食物；

洁白的窗棂上爬满开花的藤萝。

太阳看到这里，哈哈大笑，说："这是会说话的墙壁！它告诉我，住在这里的人一定是一位情趣高雅的人，一位很有个性和艺术天分的人！"

门前的杜鹃花笑了，说："太阳公公，您说对了！她是一位建筑师。圣迭戈美国建筑学院第一位女院长！"

"这就对了。真正有才华又谦虚的人，不用自己去四处张扬，她的墙壁都会替她讲话！"太阳公公说："天性的自然流露是一首歌，善良的心都能听得懂。"

"对呀！"杜鹃花笑着说："就和我的香味一样！"

3. 小狗"女王之吻"

琳达奶奶有一只宠物狗，是出自名门的 CavalierKing CharlesSpaniel。令人津津乐道的是，狗的脑门上有一撮棕色的毛，看似吻痕，据说，英国女王吻过它，才留下这"女王之吻"。这小狗伶俐可爱，温文尔雅。可是，有一天露出狗的本性。

——题记自勉

全家人围坐在电视机前，一边聊天，一边漫不经心地看着电视节目。小宠物狗懒懒地躺在琳达奶奶的身边，也望着电视机。

说不清哪个电视频道播出了大象表演。这时，小狗突然从沙发上跳起来，扑到电视机前，向大象狂吠。全家人愣了一下，立刻开怀大笑。我的眼泪都快乐出来了。此时此刻，我联想到克雷洛夫的寓言《哈巴狗和大象》，我记下自己的感受：

狂妄多么可笑，它和无知穿着连裆裤！

狂妄不仅人类有，狗类也有，特别是那些脑门上有'女王之吻'的家伙，狂妄得更加厉害。

4. 菊　芋

精美的瓷盘里盛着 Alcachofa，它散发出一种特异的清香。一套纯银的刀叉望着这道菜馋得直吐舌头。

瓷盘说："这是从东非和阿拉伯走来的佳肴。只能吃那叶子里面白嫩的叶肉，而佐料更有讲究，那是大螃蟹肉、大虾肉，加上牛奶、奶油、茴香叶末，精心搅拌而成。"

银刀子说："这个我知道！琳达奶奶为了这道菜，忙活了一个星期啊！"

银叉子说："加工不容易，吃的方法也很特别，因此，味道更加隽永。"

瓷盘说："那是当然！世界的奇珍多半如此，往往奇在过程，珍也在过程！最后的结果，只能是一场美妙的梦境！"

这时，琳达奶奶举起酒杯，说："愿大家新年快乐！迎接珍奇的每一天！"

鹤望兰

一丛美丽的鹤望兰，长喙对着长喙，在清晨的阳光下聊天。它们长着橙色的羽冠，别着蓝紫色的发簪，深咖啡色的面孔好似被太阳灼伤的黑美人的脸蛋，闪闪发光。

"我们就是这样望着故乡，望了多少年啦？可是，仍然回不了故乡！"一朵鹤望兰叹了一口气，说。

"故乡很遥远啊！"另一朵鹤望兰说："可是，这些年，我们生存下来，繁衍生息，靠的是望着前方，望着未来，望着希望！"

"你说的也有道理。不过，那遥远的故乡好似一双手，不仅仅召唤着我们，还给我们一种推力，让我们向前看！"

蜂 鸟

清晨，小蜂鸟站在高高的枝头迎接太阳，让那温暖的阳光晒着自己的脊背。

"小蜂鸟，你为什么总是用脊背对着我？"太阳问。

"太阳公公，这样，您的阳光距离我的心脏更近！"小蜂鸟笑着回答。

"小蜂鸟，你飞翔的时候，我怎么看不见你的翅膀？"太阳又问。

"我扇动翅膀的频率太高了啊，正如那宇宙中的黑洞，运转太快，就好似消失不见了！嘿嘿！"小蜂鸟还是笑着回答。

"哈哈，小蜂鸟，你的身体很小，可是，你很会讲话啊！"太阳乐哈哈地说："我再问你，你每天都吸食花朵的精华，你如何报答这个世界？"

"用我的行动呗！"小蜂鸟回答："鸟类世界，我是唯一的能够垂直起飞和降落，能够倒飞和悬停的鸟。我为人类研究'仿生学'的专家们，提供了许多机会，给了他们许多启迪！太阳公公，我已经向世界献出了我的绝技，难道还不够吗？"

圣迭戈海滩三章

1. 海鸥和海狗

海狗懒洋洋地躺在沙滩上晒太阳。它们自由自在，根本不理会身边围观的人群。它们有的肚皮朝天，有的侧身而卧，有的和海鸥闲聊。

"喂，伙计，有什么新消息？那些议员们又要发表演说，准备提案了吧？"海狗问消息灵通的海鸥。

海鸥也是懒洋洋地说："哈哈，提案还不是和过去一样！你发表一通漂亮的演说，煞有介事地提出，把这儿的海滩围起来，建设一个安全的儿童乐园。我也发表一通漂亮的演说，坚决反对。拉锯玩吧！"

海狗伸伸懒腰，说："很好，很好。只要这些政治家空争论，我们的沙滩就会太太平平！"

"没错！"海鸥说："漂亮的空话，哪怕讲上一百年也不会解决一个小问题！更不会威胁到任何人啊！您啊，安心晒太阳吧！"

2. 鹈　鹕

一只精明的老鹈鹕站在海滩的岩石上，给小鹈鹕上历史课。它翅膀一挥，说："瞧见了这浩瀚的大海和美丽的海滩吗？100多年前，这里有许多渔船！我们脚下漂亮的海湾就是渔船的码头！那时节，从太阳升起到满天星星，日夜嘈杂，四处都是垃圾和油垢，那些吃醉酒的渔人和水手就在甲板上呕吐！吵架的、骂街的、动刀子决斗的，像演戏一样每天轮番上演！"

"哈哈！那很好玩吧？"一只小鹈鹕问。

"傻孩子，那可不是真演戏！那要死人的！"老鹈鹕说："鱼受不了这里的脏水，都游走啦；我们海鸟也受不了啦，全飞走了；渔夫和水手毫无章法的日子越来越沉重，越来越肮脏的海湾让人类窒息。他们好似突然明白，家园不能这个样子。"

老鹈鹕做了个坚决的手势，接着说："人们迁走了，并想办法治理污染。人类给了我们一次机会，我们还给人类一个清洁的、世界一流的海上生物乐园。"

"哈哈，我们明白了！善待自然，就是善待自己！"小鸬鹚说。

老鸬鹚满意地拍拍小鸬鹚的脑袋，说："如果世界上人类都像你这样聪明就好了！可惜，仍然有些渔夫和水手常常吃醉酒，就呕吐在自己的甲板上！"

3. 海　豚

圣迭戈海湾时常有成群的海豚出没。它们跃出海面，激起雪白的浪花，引得岸上的游人一阵阵欢笑。

一位老人指着远处游动的鳍，说："海豚又来了！"

果然，不一会，几只海豚跃出水面。

"老爷爷，您只看到鳍，怎么就知道是海豚而不是鲨鱼呢？"一个小学生问。

"这很简单。一般地说，海豚是集体活动，成帮结伙，而且会跃出水面。鲨鱼就不同了，它是独行侠，也不会跃出水面。"老人耐心地解释。

"如果在远处，只看到鳍，怎么区分？"小学生又问。

"海豚的鳍和鲨鱼的鳍形状是不同的。如果你是一位海洋生物学家，你就能区分开来。"老人十分耐心地笑着回答。

"如果再远一点呢？"小学生问。

老人哈哈大笑，说："如果你是一位哲人，你会说，世界上任何一种事物，如果距离太远了，也就无法看清了。"

"真就没有办法吗？"小学生追问。

老人看了一眼孩子，认真地说："有办法，那就是闭上嘴巴。"

"不！"孩子笑着大叫，"我有望远镜！"

老人一愣，突然明白小顽童是对的。他心悦诚服地对孩子说："你的思索和进取精神充满了力量！对极了！"

圣迭戈动物园三章

1. 大猩猩

隔着厚厚的玻璃窗，大猩猩看见一位老博士拄着拐杖，戴着金丝眼镜在观察自己，心里十分恼火，就走向前，用力敲敲玻璃，大声问：

"我是你的祖先！为什么你能享受现代文明，我享受不到？我为什么不能和你一样自由自在？"

老博士正正眼镜，看了一眼大猩猩，慢条斯理地回答：

"根据达尔文的理论，你确确实实是我的先祖。可是，您老人家想过没有，我为什么变成今天这样，而您没有？"

"我？我不知道！"大猩猩有些按耐不住，想发火。

"不！你是知道的！你自己心里明明白白啊！"老博士说，"我们一同站立起来行走，我没有回头，一直走到今天。可是您老人家呢？贪恋树上的香蕉和野果，总是习惯四条腿爬行，走回头路！"

大猩猩很愤怒，敲打着自己的胸脯，大吼大叫：

"贪恋眼前小利，四脚爬行，走回头路，又不是我一个！"

"是吗？"老博士和颜悦色地说，"所以，你们都是大猩猩呀。"

2. "我不是狼！"

豺狗铁笼子外面总是围着许多游人。人们又是经常大喊大叫："快瞧，这是狼！"

每当这时，豺狗就大发脾气："我不是狼！你们睁开眼睛好好看看，旁边不是有说明牌吗？"

"哈哈！"一个幽默的游人说，"恶人的诨号可不是随便起的！你的外表和狼一样，而你又具有狼的本性啊。"

3. 非洲鬣狗

非洲鬣狗缩着脖子，在笼子里转来转去，一副猥琐的丑样。它对同伴说："像我们这样灰头土脸的实干家，再有真才实学也不受欢迎。"

"这话从何说起呢？"同伴问。

"如今的世界，依然以貌取人！难道没有听说，那些傻乎乎的火烈鸟大受青睐？说实在的，它们有什么可取之处？不就是那一身红羽毛嘛！它们的弯勾嘴巴要多难看有多难看！那一双细腿血淋淋的，那是被毒蛇咬的！如果你不信，可以去读读乌拉圭作家奥罗加的《火烈鸟的长筒袜子》！"鬣狗恶狠狠地说。

它的同伴长长叹了一口气，说："你说的可能有些道理。不过，你总得照照镜子，先看看自己的嘴脸，再看看内心世界里有没有嫉妒在作祟啊！"

小小湖泊和大海

圣迭戈小小湖泊自然保护区有一股涓涓细流，悄悄流进波涛滚滚的太平洋。大海上飞累了的海鸟经常落在小小湖泊保护区的湿地上休息。它们不时地听到小小湖泊的叹息："哎，我和大海比，实在太渺小了！"

海鸟们把小小湖泊的话告诉了太平洋。大海拉住涓涓细流的手深情地说：

"你是我的小兄弟！我是汪洋大海，不假！但是，少不了你的点点滴滴！再说，你甘甜的淡水滋润着湿地，不知有多少候鸟路过你这里。有的就在你的怀里生儿育女！我要对你说，我的小兄弟，我们水家族任何时候都不要小瞧自己！你虽然只是一个小小湖泊，你孕育着生命，你就是伟大的！"

悲伤自然公园

面对太平洋，一个洁白的十字架高耸在山头上。十字架的四周是几面纪念墙。黑色大理石的墙面上镶嵌着去世的美国老兵的照片。这就是著名的悲伤自然公园。没有想到的是，在一个十分不起眼的角落，美国前总统艾森豪威尔将军的照片和其他军人挤在一起。

两只海鸥站在照片前面聊起来。

"艾森豪威尔将军，从某种意义上说，他是一位老兵，尽管当上了美国大总统。把他的照片放在这里很合适。在这面大墙上，他就是一块普通的砖头。"

"这种现象，在崇尚平等的地方，最自然不过了。"

"这有点哲学味道，人去世了，在另一个世界，绝对平等啊！哈哈！"

我听着海鸥的闲谈，觉得很有意思，就插嘴问："你们俩位一唱一和，高谈阔论，很有点哲学意味。能不能再精练一点，让我能记住你们的警句格言？"

两个海鸥看了我一眼，又互相商量一下，向我点点头。

一个说："平等的砖头砌成民主大厦。"

另一个说："谎言的砖头专为独裁铺路。"

"谢谢！这有点像中国古代的楹联。横批呢？"我说。

两只海鸥瞪着眼睛好奇地望着我，问："什么横批？"

"就是那个，就是那个和楹联在一起配套的，帖在门楣上的四个字。"我也感到自己的解释不到位，只得苦笑一声，掩饰尴尬。

"不懂，不懂！"海鸥哈哈笑着飞走了。

它们不懂什么是横批，不懂中国的"文化瑰宝"，可是，它们懂得细小事物中体现出的平等滋味。

圣迭戈加利福尼亚大学两章

1. 楼顶上的房子

银狐狸和小喜鹊同游圣迭戈加利福尼亚大学。它们看见距离图书馆不太远的高楼上，有一座危房。这房子斜躺着，房基一角着地，有一多半悬空。歪斜着，看上去有一头栽下来的危险。

"为什么在楼顶上修房子？这房子能住人吗？"小喜鹊问。

"这不是房子，这是雕塑。"银狐狸解释说。

"雕塑？雕塑建在楼房顶上？"小喜鹊不理解。

银狐狸翻翻眼皮反问一句："难道不行吗？这不犯法！"

小喜鹊歪着脑袋，想了一会儿，说："当然不犯法。没有不让建的法律。"

"这不就得了嘛！我跟你说过，异想天开是艺术家才华的体现。他们敢做平常人不敢想的事。雕塑建在楼房顶上，完全合乎艺术创作的规律，不是吗？"银狐狸侃侃而谈。

小喜鹊摇摇头，说："我还是不太明白！"

"我还是不太明白！"银狐狸也摇摇头，学着小喜鹊的样子和腔调，嘲笑地说，"有什么不明白的？艺术世界和生活中的事物一样，新生事物永远不会因为有人不理解就不出现了！我的小傻瓜，如果你还不理解，不接受新生事物，你就会停滞不前，就会走向平庸！"

"嘿嘿！真那么严重吗？谁信人的鬼话！"小喜鹊瞥了一眼银狐狸说。

2. 苏斯博士的雕塑

美国最著名的儿童文学作家苏斯博士的雕像就建在加利福尼亚大学图书馆旁。他的身后站着他创作的童话人物——戴草帽的猫，嬉皮笑脸，十分滑稽。

小喜鹊看到这座雕像，对银狐狸说："你瞧瞧，这位出版了60本书的著名作家，是个大名人！可是，哪有名人的样子！二郎腿翘得老高，放在桌子上！还在笔记本上涂鸦，画小人！完全是一个淘气的小老头！"

银狐狸看了一眼小喜鹊，问："按着你的想法和逻辑，名人应当是什么样子？一个个气宇轩昂，摆着架子？"

小喜鹊回答："起码，要正经一点坐着吧？"

"你是想说，正襟危坐！哈哈哈！我见过多了！一个个好似从一个模子铸造出来的。眼睛望着前方，摆出不可一世的架子。或者，皱着眉头，做出深沉状！装酷！名人啦！伟大啦！再也看不起周围的小百姓啦！让人恶心！那种雕像失去了亲切感，也失去了个性！"

小喜鹊仍然不服气，说："名人就是名人嘛！"

"也许是吧！"银狐狸意味深长地说："可是，这些名人，一旦装蒜，立刻就变成庸人！"

鬼节三章

1. 南　瓜

鬼节快到了，大南瓜被堂堂正正地摆在特制的货架上，比所有的蔬菜和水果都抢眼。同时，大南瓜的图案被印在贺卡上、礼品上、服装上，还做成大灯笼挂在商店门口，真是威风八面。蔬菜和水果有些妒忌，它们开始七嘴八舌地数落南瓜。

"瞧瞧，你这个笨头笨脑的家伙，美的嘴都咧到耳朵根子上了！"

"你不就是被孩子们雕成鬼脸吓唬人嘛！"

"蔬菜和水果是让人吃的，你可好，让人摆弄，做成灯笼玩！哼哼！"

憨厚的南瓜回答：

"我变成鬼节的灯笼，让大人孩子高兴，有什么不好吗？何况，我的瓜子还可以炒了吃，很香！……话说回来，凭良心讲，我们蔬菜家族和水果家族的各个成员都各有千秋，我从来没有嫉妒你们，你们为何嫉妒我这个傻乎乎的大南瓜？你们也知道，嫉妒不是一个好东西，伤自己的身，伤朋友的心啊！"

2. 不给糖，就捣蛋！

"不给糖，就捣蛋！"是鬼节之夜孩子们的战斗口号。

六岁的麦克和四岁的妹妹玛丽化妆成小鬼，呼喊着口号，用力敲打邻居玛利亚大婶的家门。门口的南瓜灯咧着大嘴说："小心点啊，小心点！"

麦克和玛丽根本不听，一边叫着："不给糖，就捣蛋！"一边用力敲门。

"哐！"一声，门开了，射出来一束绿光，两个大魔头"嗷嗷"怪叫扑上来，吓得麦克和玛丽一屁股坐在地上"哇哇"大哭。玛利亚大婶和大叔立刻摘掉魔头面具，笑着哄两个"英雄"："别怕，是我！是我！"一边把糖果塞在他们手里。

在一旁看热闹的南瓜灯哈哈大笑，说：

"瞧瞧，瞧瞧！记着吧：吓唬别人的人，也会被别人吓唬！"

3. 群　魔

鬼节之夜，南瓜鬼脸灯、幽灵、骷髅、巫婆、扫帚、黑猫、鬼怪、科学怪人、吸血鬼、海盗、蝙蝠、蜘蛛……各式各样的魔鬼全体出动，明明灭灭，飘飘荡荡，哭哭啼啼，嘻嘻哈哈，塞满了夜空。人间的孩子们却不理会这些，他们把自己打扮成鬼怪，提着口袋，打着灯笼，挨家挨户敲门，唱着歌："不给糖果就捣蛋！"大人们也装扮成魔鬼或天使，跟在孩子后面装神弄鬼，取笑逗乐。人间的活动倒把鬼怪弄糊涂了，一时间，他们分不清，谁是真鬼，谁是假鬼，有点不知所措了。

一个聪明的绿色幽灵对蜘蛛说：

"你经常在人类的屋檐下结网，你了解人类，请你告诉我，为什么人们不怕鬼了？"

蜘蛛咳嗽一声，有点赌气地说：

"鬼，鬼，人类见的鬼太多了，习惯了，还怕个屁！"

绿色幽灵点点头，说："今天晚上我倒有些怕人了。"

蜘蛛伸出毛烘烘的爪子，挠挠头，说：

"是啊，当谬论和歧义满天飞的时候，我们无法寻觅到真理！"

绿色幽灵一听这胡言乱语，哈哈大笑，指着蜘蛛的脑袋说：

"你是真鬼！哈哈！货真价实的真鬼！"

黑猫太太和"中国制造"

黑猫太太住在豪华的别墅里，对来访的巫婆说：

"我最讨厌'中国制造'，今天是鬼节，你把'中国制造'全给我变没了。"

巫婆咧嘴一笑，说："这容易。"她伸开双手举向天空，念念有词：

"天灵灵，地灵灵，把'中国制造'变没有了！"

黑猫太太突然感到小别墅晃动起来，房梁和窗户"咔咔"作响，脚下的地毯、身边的家俱、床铺、被褥、枕头等通通都飞了。

接着，墙上的图画、钢琴、吉他、吊灯、台灯、玩具不见了，冰箱、微波炉、电烤箱、电饭锅、烤面包机、锅碗瓢盆、刀叉盘子、水杯茶壶，甚至抹布也没影了。黑猫太太正在惊异，感到浑身冷嗖嗖的，原来，帽子、围脖、披肩、丝巾、领花、外套、内衣、胸罩、裙子、内裤、鞋子、袜子都跑了。赤身裸体的黑猫太太正想大叫，头上的发卡、耳环、项链、戒指、手镯、手表全消失了。

"婆婆，别变了！快停吧！"黑猫太太惊恐地大叫。

"啊呀，我停不下来！"巫婆哆哆嗦嗦地喊道。黑猫太太一看，原来，巫婆的魔法帽子、魔杖、黑色披风、魔鬼尖头鞋子也没有了，正光着身子发抖。

一丝不挂的黑猫太太和巫婆瑟瑟发抖。她们坐在楼梯上，紧紧挤在一起取暖。

"我们现在这个样子，今天夜里还能上街狂欢吗？"黑猫太太问。

"反正是鬼节，就让我们见鬼去吧！"巫婆话一出口，自己也觉得滑稽好笑。

"婆婆，如果把'美国制造'变没了，中国的猫太太会有什么感觉？"

"那还不是和我们一样狼狈，也许更惨！"

"看来，地球越来越小，谁也离不开谁。"

"这倒是真的。所以，还是和为贵。"

"这话有理。请你把东西变回来吧。"

"我也想把东西变回来。可是，我的魔杖也是'Made in

China'！没在身边啊！我的咒语只能在金鸡报晓，红日东升的时刻失效，耐心等着吧！"

"那，我们现在怎么办？"黑猫太太急切地问。

"我不是跟你说过了嘛，好办！今天是鬼节，我们来个将计就计，也算创新，光着屁股见鬼去！"巫婆说。

"哈哈哈！妙主意！走，光着屁股见鬼去！"黑猫太太一阵狂笑，冲上大街。

爆米花

夜里，诗人在小阁楼里正煞费苦心写着儿童诗。他开了几次头，都以失败告终。他苦恼地直揪自己的头发，灵感之神就是不理睬他！突然，楼下传来"咚咚"的鼓声。这鼓声很吵闹，好似敲打破铁桶。诗人有些气恼，索性把笔一扔，跑到楼下看个究竟。

"哎呀，我的天！"诗人被眼前的奇异景象惊呆了。

原来是一场魔鬼舞会！只见一个漆黑的爆米花大铁桶蹦蹦跳跳，一边拼命敲打自己的肚皮，那恼人的奇怪的"咚咚"声就是它弄出来的。几只大南瓜、小鬼头、篱笆墙、魔法帽、骨头棒、月牙儿、黑蜘蛛、大蜡烛……全部着了魔，围着大铁桶狂舞。它们一边用力跺脚，一边快活地放声欢叫，手拉手组成"鬼节快乐"的字样！好生怪诞！

月牙儿首先发现了诗人，大声打招呼：

“你发什么呆！像个扫把矗在那里干什么？快过来，和我们一同跳舞！”

黑蜘蛛伸出毛茸茸的爪子，用力拉住诗人的衣袖。

惊异中，诗人还没有缓过神来，大蜡烛绕到他的背后，用闪动的火苗燎了一下他的屁股。诗人吓得跳起来。

“哈哈哈！这小子会跳舞！”

“跳得不错呀！”

骨头棒和篱笆墙笑得前仰后合。

这时，魔法帽“噗”的一声坐在诗人的头上。大南瓜和小鬼头蜂拥而上，拉住诗人的双手和双腿：

“鬼节快乐！鬼节快乐！”

诗人的脑袋里电闪雷鸣，突然明白了如何写他的儿童诗！

大铁桶仍在用劲敲打自己的肚皮，那节奏更加欢快和急促。诗人和新结识的朋友一同跳起舞来。他们尽情地舞蹈，尽情地欢笑，打呀，闹呀，一直累得瘫倒在地上！

大南瓜在诗人耳边说：

“在特定的时间和环境里，有些怪事，应当见怪不怪。”

月牙儿透明的小金手轻轻拍打着诗人的脸蛋，说：

“在特定的时间和环境里，有些怪事，怪得可爱。”

诗人高兴地说：

“哈哈！你们让我回归天真和童趣，找回神奇和诡秘！对我来说，这是找到了当代艺术的必由之路啊！谢谢！谢谢！”

袜子上的总统

美国总统大选季到了，未来可能入主白宫的人们在电视上激烈辩论，商店超市里大卖竞选者的纪念品。小渡鸦陪同银狐狸和小喜鹊逛市场，它们发现一件十分费解的事：在裤衩、背心、袜子和胸罩上绘着总统的画像！

"这，这，有些不成体统吧？"银狐狸装做很正经的样子说。

"这是爱，还是恨？是拥护，还是反对？是赞美，还是瞧不起？"小喜鹊问。

渡鸦哈哈大笑说："事情没有你们想的那么严重！在我们的国度里，衡量事物的标准与你们的不同，看事物的角度和观念也不一样。这只不过是宣传。"

"哈哈，我明白了。"小喜鹊说："不管三七二十一，只要给人留下印象就是好家伙！"

"用你们的哲理就叫：不同的尺子无法衡量同一件事物的短长。哈哈！"渡鸦嘿嘿傻笑。

银狐狸说："这是拉芳登的寓言，乡下老鼠不知道城里老鼠葫芦里卖的什么药！"

海鸥纪念碑

　　盐湖城圣殿广场上矗立着一座奇特的海鸥纪念碑。这是人类第一次为动物立碑。说起来话长，1848 年，美国西部的开拓者在盐湖城地区种了庄稼，正是丰收在望的时节，发生了蝗灾。庄稼人眼看着自己一年的辛劳在蝗虫嘴下化为乌有，痛不欲生！正在这时，成千上万只海鸥从天而降，把饕餮的蝗虫吞噬干净，救了庄稼，也救了庄稼人。庄稼人认为，这是海鸥创造的奇迹，为了感恩才立了纪念碑。碑上有两只展翅的海鸥，正在吃蝗虫。

——题记

　　一只海鸥落在海鸥纪念碑上，望望自己的先祖，问：

　　"你们真为人类做了好事吗？"

　　"对！"

　　"可是，你们知道不知道，人类怎样对待你们的后代？"

　　"怎么啦？"

　　"他们举着科学的旗号，发明了各式各样的化学药品，什么杀虫剂、除草剂……把害虫杀了，也把小鸟、青蛙和昆虫害了；把野草杀了，也把一些花木害了！"

　　"这，这，可能吗？我们不信！他们对大自然十分感恩和敬畏，能这样做吗？"

"什么能这样做！？我都下软皮蛋啦！"

说罢，小海鸥生气地走了。

纪念碑上的海鸥非常惶恐，就问白云：

"这是真的吗？"

白云回答："千真万确！这是真实的历史，也是活生生的现实！有点不可思议吧！你们要知道，过去，人类信仰上帝，敬畏大自然；如今，人类，特别是科学家们和有权势的政治家们，要征服大自然，自己要当一把上帝啊！"

盐湖城大教堂两章

1.色彩艳丽的窗花

大教堂里朦朦胧胧，借着外面的强光，巨大的彩色镶嵌玻璃窗更显得五彩缤纷，那上面的人物栩栩如生。那是耶稣降生和成长的故事。一幅幅美妙绝伦。

旅游者在教堂里参观，他们没有在神的面前下跪，也没有坐下来祈祷，只是脚步轻轻地四处走走，拍几张照片。有时，他们会停下来，对神秘的画幅轻轻感叹……

十字架上的耶稣一直在看着游人，他轻轻地说："我知道你们的心被宗教艺术深深地震撼了。这也很好，我不喜欢你们盲目崇拜。上帝不需要人类的敬畏，需要的是人类的理解啊！"

2. 点蜡烛

圣母圣婴的雕塑下，有几排矮小的白色蜡烛。有几个蜡烛已经点燃，正闪着微弱的光。女儿小心地点燃一支蜡烛，悄声对我说："每人只能点燃一支，表达一个心愿，不能把蜡烛全点上，要给别人留下机会，让别人也能表达美好的心愿。"

女儿的话很平常，却令我感动。

我在小小的蜡烛前面，迟疑了片刻，才拿起一支火柴干，凑到火苗上，小心翼翼地点燃一支矮矮的小蜡烛。

女儿的心愿是：遥祝老祖母身体健康。我的心愿是什么？我想了一下，在心里默默地说："让世界学会把机会也留给别人，让别人也能表达自己的美好心愿吧！"

七只大雁

几只大雁飞得很低，掠过屋顶时，我才发现。夕阳下，它们的羽毛染上了橘红色，闪着柔和的光。它们没有鸣叫，我只听到翅膀扇动的沙沙声。它们飞向山谷，飞向我不知道名字的远方。可是，我知道，它们不是从遥远的中国北方飞来的，也不会给我带来书信。尽管如此，我仍然相信，它们是从故土来，并要落在我的身旁。我数着这些大雁，它们一共是七只。在这金色的秋天，它们要到那哪去呢？路途还遥远吗？它们什么时候飞回来？我目送着远方来的朋友，直到它们擦着树梢掠过居民区，直到树梢挡住了我的视线⋯⋯。

乡愁，正是这悄悄在天上飞过的大雁，不论你在什么地方，它们总会掠过你的头顶，让你听到那翅膀的沙沙声。

骷髅纱灯

鬼节前夕，一只巨大的骷髅纱灯被安放在加油站附近的屋顶上。骷髅的两只黑洞洞的大眼珠子滴溜溜地转，那是两个"轰轰隆隆"转动的风车！来加油的司机们，看见这个逗趣的骷髅，都情不自禁地向它吐吐舌头，或者做个鬼脸。骷髅纱灯受不了人们的嘲弄，心里十分恼火，生气地大喊大叫：

"我是世界上最大的骷髅头！你们怎么敢对我不敬！我要吓死你们！我要⋯⋯"

两只渡鸦落在骷髅纱灯前。

一只渡鸦说："小子，大眼珠子乱转能吓唬谁？那是风车！你是弄巧成拙！"

另一只渡鸦说："中国古代有一首非常好的寓言，名字叫'画蛇添足'。到了今天，你进步了，你创造了一首美国当代寓言：'骷髅头添风车'！哈哈哈！"

毛线小帽

　　70多岁的老奶奶坐在壁炉前一边烤火，一边织毛线小帽。炉火"噼噼啪啪"作响，温暖着老奶奶的双脚和全身。窗外下着大雪，风卷起雪，敲打着窗棂，发出沙沙的响声。老奶奶的双手平时有些颤动，可是，一拿起织针织小帽，就是十分灵活有力。

　　"老奶奶，您在干什么呢？"风问。

　　"我在织小帽子。"

　　"老奶奶，这帽子给我戴吧。"雪请求说。

　　"不行！你一戴，你就融化了！"

　　"那就给我戴吧！"风请求说。

　　"不行！你的脑袋太大，会把帽子撑坏呀！"

　　"那给谁戴呀？"

　　"给小娃娃呗。"

　　"哈哈，给您的小孙子和小孙女！"风说。

　　"不是！"

　　"哈哈，我猜对了，给外孙子和外孙女！"

　　"不是！"

　　"那到底给谁戴呀？"风和雪齐声问。

　　"给我心里的小星星，给我心里的小月亮，给我心里的小太阳！"

风和雪不明白老奶奶的话。

风摇摇头走了。雪也摇摇头，跟着风走了。

它们走在半路上，看见一位老奶奶穿着一件长袍子，手里提着一只大篮子，里面全是小毛线帽子。老奶奶正向孤儿院走去……

一个人的乐队

感恩节晚餐之后，啄木鸟医生全家聚在一起玩乐器。啄木鸟老爷爷和老奶奶坐在壁炉边烤火，看着晚辈的游戏。三个小孙子弹钢琴、拉小提琴和大提琴，演出三重奏。啄木鸟医生和它的妻子像墨西哥游吟歌者那样弹起吉他。轮到医生的弟弟演出。它向大家摇摇手，说："请等片刻！"

这位啄木鸟弟弟是有名的电脑专家，它的学术著作不少，有的已经被翻译成中文，在中国出版了！音乐只是一种业余爱好。它找来电子合成器，即兴为一首名曲配上雄浑的背景音乐。那音乐效果等于一个大的交响乐团。

啄木鸟医生的弟弟开始弹奏电子琴，啄木鸟全家被深深地感动了。

"太棒了！"

"电子科学的胜利！"

"这是一个人的乐队！"

啄木鸟老爷爷一边烤着火，一边大发感慨：

"尽管这种一个人的乐队已经出现好多年了，但是，今天出现在我们家里，出现在感恩节的晚会上，我还是特别感动。科学和艺术本来就是一家！细想想，最简单乐器的出现，在古代都是一件非常了不起的大发明、大创造！都是科学的成果！科学家就是音乐家！可惜呀，许多人把这件事全忘了！同时，世界上总有一些愚妄的头脑，企图把科学和艺术分开！这些到处设置条条框框的脑袋成了绊脚石，正影响着科学和艺术的正常交流和发展。你们说，这有多么蠢啊！"

老奶奶听着老伴有些偏激的话语，哈哈大笑，说：

"老头子啊老头子，您老人家对任何事情都要说三道四，开始还好，有些精彩的说教，接下来就变味儿了，总是批评别人！可惜呀，家里没有人随声附和，没有人给你伴奏，你才是真正的一个人的乐队啊！"

两把吉他的对话

夜色深沉，月亮隐在云的后面，听着两把吉他对话。

"我们天天演唱古老的歌谣。回忆那些并不轻松的战争岁月。可是，人们只当作消遣，并不去深思。"

"那些历史毕竟距离今天太远。何况，听歌的是外乡人，是来旅游的。"

"是啊，是啊！可是，我有一件事情想不通。"

"什么事情？说说看！"

"那些受苦受难的农民，被逼上起义之路，可是，为什么自己变成了更坏的新的独裁者？"

两把吉他都沉默了。它们遇到了一个挺棘手的问题。

月亮从乌云后面爬出来，望着吉他尴尬的面孔，说："你们的问题很好回答，只是你们害怕独裁者的屠刀。"

"这，这，从何说起呢？"一把吉他不同意月亮的话。

"难道他能砸碎吉他，不让我们演唱？"另一把吉他愤愤地说。

"也许，比这更严重，当新的独裁者独裁的时候！"月亮冷冷地说："你们了解那些起义的农民吗？他们善良但无知；他们朴实但轻信；他们执着但狂热；他们虔诚但盲从！他们不明白改天换地的真正目的，他们习惯了封建帝国，不明白什么是民主国家，他们只渴望推举一个开明的君主！请问，不懂得民主的君主能开明吗？结果，只能是新的独裁！"

月亮慷慨陈词，令两把吉他目瞪口呆。

第二天，吉他依然演奏，弹唱那些令人心碎的歌谣。外乡人依然把听歌当作消遣，至于那沉痛的历史教训，是没有时间去理会的。

一个外乡人平静地说："那是墨西哥的事，又是遥远的历史，与我何干？"

月亮苦笑着说："以史为鉴，怎么永远是一句空话呢？"

青花瓷瓶和大清帝国的龙旗

圣迭戈旧城，"国王的节日"是露天的大舞台。舞台上面摆放着四个硕大的青花瓷瓶。那东方神韵，那特有的光泽，那透过肌肤流露出来的洁白和温润，无不令人赞叹，并成为老城旧街的一道靓丽风景。那些花枝招展的墨西哥姑娘摆动着长裙，在青花瓷瓶前高歌狂舞，演绎着18～19世纪墨西哥的风情。在舞台对面，高挂着许多国家的国旗。大清帝国的龙旗和墨西哥国旗在一起飘扬。

——题记

一天，青花瓷瓶和大清帝国的龙旗聊起来。

"我们在异国他乡多久了？"青花瓷瓶问龙旗。

"大概，几百年了吧。"龙旗回答。

"不知道家乡是何年？"青花瓷瓶感叹道。

"说不太清楚，我估计，改朝换代啦！我这面龙旗可能早销声匿迹了！"龙旗有些伤感。

"是啊，是啊！朝代不管表面多么显赫，多么强大，如果不得民心，迟早被改掉。我早料到了。"青花瓷瓶说。

"可是，那里的山河、天空和海洋不会改！这，有一点像你！"龙旗指指青花瓷瓶说："不管在哪里，人们都会指着你说：中国！为此，我十分羡慕你！这也是祖国和国家这两个概念的不同！祖国，永远有血有肉，不管朝代如何改变！而国家，仅仅是干巴巴的朝代而已！"

小鲑鱼闯荡大海

半透明的小鲑鱼卵像黄金一样闪着光，依靠父母遗留的精华和太阳的温暖开始孵化，在乱石丛中挣扎着变成一条条小鲑鱼。感谢溪水的清冽，鲑鱼还在襁褓中，头脑里就有了宏伟的志向，要跟前辈一样，不管有多大困难也要去大海闯荡！

想不到的是在冰雪刚刚开始消融的溪水旁，银狐狸已经在等待小鲑鱼："可爱的孩子们！你们可不能失败在起跑线上啊！让我来告诉你们，如何去大海吧！"银狐狸无耻地欺骗小鲑鱼，不知有多少小鲑鱼成了银狐狸的早餐。

然而，一群群小鲑鱼还是游向大海。

"银狐狸是骗子！还是跟我飞向大海吧！"海鸥成群结队，在山溪上空盘旋。它们更加无耻，欺骗得更厉害。不知又有多少小鲑鱼成了海鸥的午餐！

然而，一群群小鲑鱼还是游向大海。

小鲑鱼沿着溪水匆匆忙忙地赶路，从湍急的山溪跌进瀑布，落在锋利的岩石上。它们遍体鳞伤，晕头转向，两眼冒金花！它们的神志还没有完全清醒，笨手笨脚的黑熊家族已经伸出黑手：
"住在我的瀑布下面，可要交房费！"

然而，一群群小鲑鱼还是游向大海。

水面渐渐开阔起来，水流也平缓了许多，小鲑鱼也长大了不少。它们正准备探出头，看看周围的风景，白头海雕偷偷摸摸飞过来，伸出钢铁一般的巨爪，一下子就把最美丽的一条鲑鱼抢走！

然而，一群群鲑鱼还是游向大海！

水里有了海洋的气息，水中有了可以察觉的咸味！小鲑鱼们欢快地大叫："大海快到了！"

是的，入海口到了！鲑鱼们像箭一样涌入大海！

大海说："孩子们，一路上你们很辛苦，很危险啊！"

鲑鱼们回答："是啊，在路上，还有更多的辛苦和危险啊！我们知道，这就是真实的生活！"

绿色的大草帽

一只中国乌龟和一只爱尔兰乌龟在桑蒂市一家超市相遇。乌龟见乌龟格外亲切。它们在出售帕特里克节日礼品的货架前，寒暄之后，就东拉西扯地聊起来。

"我知道，你们中国人不喜欢绿帽子，认为，那代表了你的妻子不忠。我们倒喜欢戴绿色的帽子，那是为了纪念一位圣人帕特里克！是他摘下一片三叶草，形象地告诉我们，上帝的存在和做人的道理。我们怀念那一片三叶草，怀念圣人帕特里克，才有了许多绿色的物品。我们喜欢绿色。如果我们愿意，可以把河流都染成绿色！"爱尔兰乌龟侃侃而谈。

"我知道，我知道。你们已经把一条河流染成绿色啦！我十分理解和尊重你们的习惯。"中国乌龟摆摆脑袋说："可是，我还是不能戴你们的绿色大草帽。我希望您也理解和尊重我的习惯。"

"哈哈！那是当然！"爱尔兰乌龟笑着说，"不过，我今天要买两顶绿色的大草帽，一顶自己戴，一顶送给你！朋友，不是强迫你戴，不，决不强迫！希望你留着做个纪念！你可以告诉世界，大家的思维方式和生活习惯不同，相互理解和相互尊重绝对必要！"

"谢谢，谢谢！为了节日，为了那一片三叶草，我愿戴一次'绿'帽子，和你合个影！"

两只乌龟热烈拥抱，哈哈大笑。

真　理

哈佛大学的一座校门上雕刻着"真理"两个字，下面是一头野猪。几百年的风风雨雨，早使这几个字模糊不清，如果不仔细分辨，几乎认不出来，只有那头野猪还露出小獠牙，透出一种原始的野气。

一天，真理对野猪说："哎，我太老啦，字迹一点一点地脱落了！我真会老吗？"

"傻话！世界上什么都可能老，唯有你真理不会老！"野猪回答。

"为什么？"真理问。

野猪露出小獠牙，笑着说："老朋友，你在我的头顶上，好似一颗太阳，几百年来我紧紧跟随，差一点累得吐血，也跟不上你的脚步！你怎么说，你老啦？你知道我是谁。我可不是一般的野猪，而是千百万勇士的化身！起码，我代表着世界著名大学的教授和学子们！"

"你讲的也有一番道理。可是，我的字迹确实模糊了！"真理强调。

"是啊，真理在一些人的心目中永远是模糊的！他们懵懵懂懂，永远看不见你！甚至，在那些冷酷的心中，根本没有你的位置！但是，在真正猛士的心中，你永远是鲜活的，明亮的，像一盏灯！"

山楂树和小鸟

雪后初晴，山楂树上落满白雪。一串串一串串的果实在白雪的衬托下，露出那微微的红色，令人馋涎欲滴。许多小鸟飞来啄食。我站在树下面，距离它们是那么近，小鸟抖落的雪花就落在我的身上。我担心，这些贪食的小家伙会落在我的头上。

我仔细观察那些鸟，有红腹山雀，有全身黑色的鸫，有头戴羽冠的太平鸟，还有一些我叫不出名字的小鸟。它们愉快地啄食，却没有争抢。一棵山楂树好似一首祥和的小诗，和谐又安详。一只小鸟一定猜透我的心思，对我说："你以为，我们和你们人类一样吗？果实本来就很多，用得着争抢吗？"

我怔怔地听着，无言以对。

不一会儿，小鸟又"呼"的一声飞走了。最后飞的小鸟对我说："我知道，你心里在说，我们贪食是吧？你仔细看看，我们吃饱了，就离开了，没有像你们人类那样，贪得无厌，自己吃不了，还要把果实全部摘回家！"

我本想回答几句，可是，小鸟已经飞走了。

这时，山楂树问我："小鸟说的对吗？"

我不好意思地看一眼山楂树，回答道："哎，我们中的一些人确实如此，争争抢抢，贪得无厌！我们的世界也不像你这样祥和快活，常常是乱得像一锅粥！"

乞丐们

拉斯维加斯繁华的大街上，有一个愁眉苦脸的乞丐。他的面前放了一个空盒子，手里举着一块硬纸板，上面写着：我失业了！

逛街的游人川流不息，都用匪夷的眼神看着他，却没有人往他的盒子里扔钱。

距离失业者不远的对面街口，一只米老鼠和一只唐老鸭又唱又跳，还与游人合影，嘴里唱道："Donation，Donation!（捐点钱！）"它们的口袋很快就满了。

当夜深人静，游人都回到宾馆歇息，或者去夜总会碰碰运气，米老鼠和唐老鸭拿着汉堡包、一包薯条和一瓶可乐来到失业者的面前。

米老鼠说："一年前，我们也失业了，和你一样悲惨。不过，如今我们又有了新工作，快快乐乐，每天的收入也不少。"

唐老鸭说："你看看那些扮成雕塑的，扮成蝙蝠侠、汽车人、超人的，扮成时尚明星猫王的，他们的收入都可观，起码养活自己没有问题。他们努力把自己变成了街头艺术，成为拉斯维加斯不可缺少的一景！"

米老鼠说："我们与其坐以待毙，不如自谋生路啊！中国古代哲人说得好：天无绝人之路！"

唐老鸭说："你别看那些出出进进的人们光鲜得很，说不定，他们从赌场出来的时候，变得一无所有，还不如我们！"

"如今的世界就是这样，让我们用带有悲剧色彩的微笑，勇敢地活下去吧！"

"我们是乞丐，但不能卑躬屈膝。用我们的苦笑回报这光怪陆离的拉斯维加斯吧！"

雪 团

一连下了三天三夜的大雪，天晴后，阳光耀眼，雪山顶上银光闪闪。一团小雪花高傲地说："我现在是至高无上的王，我要征服世界。"

高山上的岳桦、冷杉、青松和翠柏劝阻道："你仅仅是一团雪，不要胡来！那是自取灭亡啊！"

高傲的雪团把大家的劝阻当成了蔑视和侮辱，它说："我从高处跳下去，天然合理！"雪团跳下去了，意想不到的是，许多雪花加入了它的队伍，呐喊着，呼啸着，把劝阻它们的岳桦、冷杉、青松和翠柏拦腰折断！

"哈哈哈！自作聪明的家伙啊，伟大的精英啊！你们想阻挡历史车轮的前进？螳臂挡车！蚍蜉撼树！"

雪团越滚越大，最后变成可怕的雪崩，摧毁了村庄，摧毁了树林……不可一世的雪团来在平原上，遇到一块巨石，"轰"的一声，粉身碎骨，又变成几团脏兮兮的雪。

这个故事，达·芬奇老人讲过。墨西哥长篇小说《在底层的人们》中也有类似的描绘。我是明目张胆地剽窃！如果，我没有在犹他州 Alta 滑雪场附近的高山上，看见雪团如何纷纷滚下，也不会写这个故事。

所谓天然合理的倒行逆施，可以嚣张一时，但，不能嚣张一世。

正如那谎言，可以欺骗一时，但，不能欺骗一世！我只是心疼那些白白牺牲的可敬的讲真话的精英们。

松 涛

山坡上的残雪如同点点的鳞片装点着山麓。一大片黑松林在残雪身边，望着慢慢升起的圆月。松林正感悟着山的寂静中博大、月夜禅意的深沉。突然，从山谷那边闯进来一股强风，掠过松林。松树摇晃着树干，开始低吟。这声音由小变大，渐渐成为排山倒海的交响，震撼四野。残雪的鳞片惊恐得倒竖起来，它们第一次感受到这样宏大的气势，第一次听见这样雄伟的进行曲！

风渐渐远去了，松树也渐渐安静下来。

残雪惊魂未定，磕磕巴巴地问："松树爷爷，刚才怎么了？您愤怒了吗？"

"没有什么。"松树回答，"风要到海边去，我让它记住山。我告诉它，山和海是兄弟，一样的雄奇，一样的壮阔，一样的波涛汹涌。我就给它演奏了山林之曲——松涛之歌，为它送行。"

细细品味家乡的松涛之歌吧！它同样排山倒海！

墨西哥薄饼和山姆大叔

墨西哥薄饼像小山一样堆在餐桌上，山姆大叔摊开一张薄饼，放上炒肉丝、鳄梨片、香菜和墨西哥辣酱，卷起来就往嘴里放。他狼吞虎咽，吃得肚子像个尖底锅，还不停地吧嗒嘴。

墨西哥薄饼问辣椒酱："我们这些土生土长的墨西哥风味，怎么这样让山姆大叔欣赏？瞧瞧，他吃饼的模样，多享受啊！"

辣椒酱嘿嘿一笑，说："我们可不是偷渡来的！是山姆大叔请的！至于为什么如此，大概世界上美好的东西，如音乐、绘画、文学、哲理等等，当然还有美食，都是没有国界的。"

荷兰奶酪

山姆大叔超市里，漂亮的冷柜中摆放着世界各国的奶酪。荷兰的奶酪最为抢眼，在那精致商标上的代言人居然是伟大的画家梵高和伦勃朗。荷兰奶酪大受欢迎。

一天，梵高有点不情愿地嘟嘟囔囔："家乡的奶酪货真价实，何苦让我们来摇旗呐喊？"

伦勃朗笑着看了一眼小同乡，说："中国人有一句成语，叫做'锦上添花'。我们为家乡的奶酪添花，有什么不好？中国人还说，'红花还要绿叶扶'，我们当一把绿叶，不是挺愉快吗？"

"那就当绿叶吧！"梵高瞧了一眼老伦勃朗，不再吭声。

都是海螺惹的祸三章

1. 海 鸥

我喜欢西班牙诗人洛尔伽的诗歌《海螺》，今天来到圣迭戈的大海边，自然想找个海螺带回家，以便每天能听到大海的歌声。可惜，我在大海边找了许久，也没有找到一个可心的海螺！

海鸥问我："先生，您在找什么？"

"海螺。"我说，"一个也没有找到！"

"先生，你去买一个算了！纪念品商店里，海螺琳琅满目。"海鸥说。

"那可不一样！"我说。

"怎么解释？"海鸥不解地歪着头问。

"在海边自己找到的海螺，让我回忆起一个活生生的大海。在纪念品商店买的海螺，只能是一个热热闹闹的店铺。"我认真地回答。

海鸥看了我一眼就飞走了，只扔下两个字："迂腐！"

2. 矶鹬

矶鹬在我身边跑来跑去，我实在弄不明白它们在忙什么，只见它们缩着脖子，端着肩膀，飞快地迈着碎步，好似跳"荷花舞"，在海滩上"飘动"。说它们是一群无声的小幽灵也不过分。

"小矶鹬，海滩上怎么找不到海螺呢？"我问。

"海螺？找它们有何用？"小矶鹬反问我。

"海滩拾贝，多有诗意！我是一位作家。"

"听起来很浪漫，其实，早就成为一大俗！作家先生，艺术创作也如此啊！你想想，除了四、五岁的小姑娘，谁还在海边找海螺？人们早玩别的去啦！潜泳、冲浪、海上降落伞、滑水、摩托艇、舢板、帆船，还有沙雕……"矶鹬喋喋不休。

"你的高论令我大吃一惊。"我说。

"你的海滩拾贝，或者说你的落伍和闭塞，也令我大吃一惊！"

小矶鹬不等我反驳，翘着尾巴冲浪去了。

我失去了寻找海螺的兴致。

人们热衷海上游戏，也许有他们的道理。难道，寻找海螺就大逆不道？

3. 松鼠

我坐在松树下野餐，发现四周落下许多松塔。松塔很大，一个个好似小菠萝。我拾起一个掂掂分量，挺沉。这时，一只松鼠凑到我的身边，毫不客气地拿起一块面包就往嘴里塞。

"听说，你和矶鹬讨论过海螺的事？"松鼠问。

"你的消息可真灵通！"我说。

"那是当然！自然界的通讯系统嘛。我不理解，你为什么迷恋小海螺？那海螺是古老的童谣，别人早唱了几千年！你为什么不来点现代的？你弄不了重金属交响，起码，玩玩爵士、摇滚、滚石，甚至乡村音乐也好啊！"

"你和矶鹬一个调门。"我说，"你们津津乐道的乐曲，包括重金属交响，也是弹唱多年的老调！讲创新，我们需要一同创新！我把古典的传统继承下来，变成新古典，不是也很好吗？我强调的是，童贞和天趣，这个比任何表面的形式要重要一万倍！"

不等我说完，小松鼠把吃了一半的面包扔给我，生气地说："我所讲的乐曲，哪个不是真情实感！从低语到呐喊，从悲伤到愤怒，从压抑到爆发，这里就有最真实的感情！并不比你的天真和童趣差！算啦，你去找你的小海螺去吧！"

说罢，松鼠"嗖嗖"爬到松树顶上，高声说："哼，哼！不到树顶上，怎么能看到整个花园！"这显然是嘲讽我。我也不客气地大声说："我可以乘坐直升飞机！哼，哼！"

白 马

两位墨西哥歌手在圣迭戈老镇为我演唱了一首民谣《白马》。

——题记自勉

矫健如飞的白马，从墨西哥瓜得拉哈拉出发，一心要到达北方。它穿山越岭，跑过一个城市又一个城市，累得鼻口流血，瘸瘸拐拐，几乎要倒在地，还是奋勇向前。它要完成自己的英雄伟业，没有到达目的地——恩塞纳达之前，决不能躺下！

白马经历了千辛万苦，以自己的生命为代价，在一个天空布满星星的夜晚到达了目的地。

白马跌倒在草地上，再也站不起来了。它吃力地睁大眼睛，望着天上的星辰，两行清泪悄悄流下来。

"我太孤单了，我要到你们那里去！"白马对天上的星星说："我没有什么可以遗憾的，更没有什么悔恨的。追求信仰是一种幸福，尽管，一路上我吃了不少苦！"

星星眨眨眼睛说："欢迎你到我们这里来！和你站在一起的都是追求信仰的一代！你永远不会孤单！"

梨 树

窗前种了一棵梨树，只想看花，不求结果。可是，到了秋天，梨树依然结果，只是果实很小，一串一串的，好似山里红，那味道自然也有些苦涩。

几天大雪之后，天晴了，我站在窗前欣赏雪景。突然，不知从什么地方飞来一群鸫鸟，光顾窗前的梨树。这群小鸟就在我的面前，上演了一场品尝小梨的喜剧。它们深黑色的羽毛闪着篮色的光，小眼睛里充满喜悦，它们跳上跳下，摇头晃脑，有的在细嫩的枝条上荡着秋千，有的叼住小梨用力拉扯，有的回头望望我，歪着脖子在倾听什么……

这种诗情画意，我是不曾想到的。我的心"突突"直跳。此时此刻，内心的感动和喜悦无法用语言表达。我像被钉在窗户前，一动也不敢动，只是期盼小鸟别走，多玩一会，把树上的小梨通通吃光！

多种些花树吧！它带给你的不仅仅是花。

巨嘴鸟和蛇

巨嘴鸟爸爸从小溪边叼来泥，小心翼翼地把自己家门封上。门里边是巨嘴鸟妈妈和刚刚孵出的巨嘴鸟宝宝。门上只留下一个小洞。

巨嘴鸟爸爸说："亲爱的，我现在去寻找食物，你们安心等待。你们现在绝对安全，谁也进不去！"

"可是，我们也出不去呀！"巨嘴鸟妈妈担心地说。

"你放心好啦！你们干什么要出去呀！？等我吧！"巨嘴鸟爸爸有些不耐烦，急匆匆地飞走了。

缠在大树上的青蛇早就盯上了巨嘴鸟宝宝。它偷听到巨嘴鸟爸爸的话，心里乐极啦："哈哈！我正好从门洞里钻进去！谁也别想逃跑！"

狡猾的青蛇以为猎物到手，就把尾巴先伸进去，戏弄戏弄巨嘴鸟妈妈：

"哈哈！可怜的巨嘴鸟妈妈，你的没有头脑的丈夫办了蠢事，害得你无处躲藏！不动脑筋的爱把你害得好苦呀！还有那刚刚出世的小宝宝，哎，哎，也要跟着你们一同受苦！……"

青蛇万万没有料到，巨嘴鸟妈妈也不是好惹的，它紧紧咬住了青蛇的尾巴！

"啊呀！痛死我啦！痛死我啦！"青蛇一边嚎叫，一边挣扎着离开巨嘴鸟的家门，把泥土封的门都弄破了。青蛇跌在草地上，那尾巴几乎要断掉了。

这时，巨嘴鸟爸爸带着食物刚巧赶回来，看见破碎的家门，吓了一跳，急忙上前拥抱着巨嘴鸟妈妈和宝宝，说："我的盲目的爱，差一点毁了自己的家！"

躺在草地上半死的青蛇在自言自语："我活该受苦！应该先进脑袋的地方，我为什么先进尾巴！？我真蠢！"

安第斯山音乐家和现代作曲家

从安第斯山来的音乐家在圣选戈老镇弹唱。他们吹着古老的排箫、芦笛，敲着驼羊皮大鼓，拨弄着吉他，深情演奏，给古老的街市带来一种奇妙的声响，一种远古的呼唤。

游人驻足聆听。那大树干掏空蒙上驼羊皮的大鼓"咚咚"作响，好似沉闷的雷声从天边滚来，那排箫犹如风的呼啸，那小巧的芦笛短促的"嘀嘀"声，难道不是飞落下的雨吗？只有吉他低吟着现代语言，使人们理解这旋律的意义。

古老乐器发出的声音并不很大，却使人产生思古的幽情！这乐曲不知传唱了多少年多少代，如今，山地人沙哑的喉咙仍然唱着古老的歌谣，只是更换了新词，令人耳目一新！

一位美国现代作曲家将一把钞票恭恭敬敬地放在山地音乐家的纸盒里，深情地说：

"谢谢你们的演奏，我的同行！……哎，我们常常走得很远，去寻找珍贵的东西。当我们回家时才发现，最珍贵的东西就在家里！"

印地安陶笛和中国的埙

一天，印地安陶笛对中国的埙说："我非常羡慕您！"

"羡慕我？哈哈！有什么好羡慕的？"中国埙说，"我们都是陶笛，你身上有八个小孔，我只有一个。你身上的彩绘光彩夺目，印地安风格十分突出，我是赤身裸体！当你吹响的时候，好似安第斯山的山风在吹拂，山鹰在鸣叫！而我，土里土气，完全是一团泥！"

"你说的有一定的道理。"陶笛说，"我是有八个孔，身上有美丽的彩绘，也可以模仿山风和山鹰的鸣叫。可是，我身上正缺少你身上的历史沉淀，就是你说的那种土里土气！你有五千年的文化历史啊！当你悠悠唱起来的时候，那是传说中的'神曲'，凤凰会飞来！天仙也会落泪！这是无与伦比的！"

埙听着陶笛的肺腑之言，沉默了许久，半天讲不出话来。最后，只在心里狠狠地骂了自己一句："自贱，多么可悲！"

平安塔糖罐

节日里，平安塔糖罐高高挂在天花板上。它是一棵巨大的星星，星星尖上拖着长长的彩色纸条，好看极了。用它装点大厅，给家庭带来节日的欢乐。

孩子们急着用棍子打碎平安塔糖罐。他们唱道：

"我不要金块块，

我不要银块块，

我就要打破，

平安塔糖罐罐！"

老奶奶笑着说："别急呀！你们知道它的故事吗？它可有来头呀！马可波罗从中国把它带到欧洲，西班牙人又把它带到墨西哥！"

"它来墨西哥干什么呀？"孩子们故意问奶奶。

"过节呗！"奶奶回答，"哪里有平安塔糖罐，哪里就有节日啊！"

"对呀，对呀！现在就过节呀！"孩子们急不可耐地敲碎了糖罐子。

在全家人的欢呼声中，五颜六色的糖果和意想不到的小礼物，稀里哗啦地掉了一地。

最后，还掉出来一句话："我想回中国！"

一半是雪，一半是春天

小花园里，厚厚的雪融化了好几天了，露出一大片返青的草地。在庭院避风的角落里，三叶草细嫩的绿叶正向太阳微笑；那些不畏惧寒风的郁金香冲破冻土，露出肥厚的尖叶；葡萄藤蔓开始变软，躺在葡萄架上似睡非睡；山杨树的枝条不声不响地吐出银光闪闪的毛毛狗……屋檐上的冰溜子一边滴着水，一边说："好一个漂亮的小院！一半是雪，一半是春天！"

屋脊上的鹁鸟接过话题，说："是啊，是啊！一半是雪，一半是春天！漂亮！再过几天，鲜花全开的时候，你再来瞧瞧，会更漂亮！"

"可惜，我等不到那一天了！"冰溜子长长叹了一口气，说："不过，谁也不可能阅尽人间春色！只能看见世界的一部分！我能看到'一半是雪，一半是春天'的美景，已经很满意了，何况，我这个滴水的冰溜子还是这春色的一部分！"

蜥蜴雕塑

建筑师利用废旧的铁皮制作了几个小蜥蜴，涂上色彩鲜亮的油漆，装饰着自家的墙壁。

老蜥蜴看见自己的形象高高挂在墙上，感到十分自豪。

一天夜里，老蜥蜴率领全家来欣赏。老蜥蜴说："在这个院子里，谁有这等光荣？蛇没有，土獾子没有，青蛙没有，松鼠没有，那些叽叽喳喳的小鸟更没有！我们是唯一的！唯一的！"

一只小蜥蜴看见在另一面墙上，有鱼的装饰，便大叫："看，这里有几条鱼！"

老蜥蜴看了一眼，说："几条臭鱼！你们想想，鱼离开水还能活吗？它们是鱼干！哈哈！只有我们是生龙活虎！人类很在乎我们！人类离不开我们！我们是人类的守护神！所以，他们把我们恭恭敬敬挂在墙上！我们将永垂不朽！"

月亮听着蜥蜴大吹大擂，实在替它害羞，只好躲在乌云后面，可是，依然憋不住哈哈大笑。

初春的小草

雪还没有完全融化干净，返青的小草一棵棵好似钢针，冲破薄薄的雪壳，露出尖尖的脑袋。

小山雀在雪地觅食，看见了小草，情不自禁地赞美几句："啊，小草！你们勇敢地冲破雪壳，给人间带来春意！你们是春天的使者！"

"啊，小山雀！你可不能这样说！我们仅仅是听从太阳和风的呼唤，刚刚醒来，是大地母亲推举着我们，让我们昂起头，看看这美好的世界！至于这浓浓的春意，您可以向四周看看，那玫瑰枝头红色的芽孢，那郁金香绿色的厚叶，那枫树上的嫩树枝，那山杨树上的毛毛狗，那瓦沙切·郎岚雪峰上流下的潺潺溪水，还有你们鸟儿的大合唱……这才是真正的春意！当然，这绝对不是我们小草的功劳！"

"啊呀！你们是懂得哲学的小草！你们听到赞美，不仅没有忘乎所以，还能眼观全局，看明白自己的位子，难得呀！难得！"

山杨树的眼睛

瓦沙切·郎岚山峰下，有一片茂密的山杨树林。奇怪的是，每一颗树上都长着眼睛！

一天傍晚，我在林中散步，好奇地问："山杨树，你们为什么长眼睛？"

"听你的声音，你是中国人。从中国来的？"想不到，山杨树和我拉起家常。我点点头。

山杨树接着说："那么，你应当知道，中国传说中的神仙都长着怪眼睛，二郎神脑门上有天眼，申公豹的手掌心有眼睛！"

"哈哈，你对中国传统文化感兴趣，太妙了！可是，你没有正面回答我的问题呀！"我嘿嘿笑着说。

"你知道，我们这里是美国中西部，自然条件不太理想，我们能够生存下来，实在不容易。我们要珍视这个机会，所以长眼睛，要好好看看这个大千世界！"山杨树说。

"很有道理，也很感人。如果，人们都能像你们这样珍视来之不易的机会，该多好啊！"我说。

太阳快落山了，树林里暗下来。

告别的时候，我又问："天色晚了，夜里你们也不闭眼睛吗？在黑暗中，你们还要看什么？"

山杨树笑着回答："问得好啊！你可能不知道我们的秘密。

为了寻求光明，我们的心里还长着眼睛！……这个，你们人类，好似也能理解。对吧？再见！"

牛 仔

圣迭戈老城，我和一位牛仔不期而遇。我们坐在一棵大树下聊了起来。

我十分兴奋地提出许多问题，牛仔十分耐心，一一回答。

他说：驯马有趣，可是，弄不好跌下来，要断几根骨头；骑牛有趣，从牛背上甩下来，要小心那锋利的牛角；荒原上，牛仔天天是一身尘土和臭汗，靴子上少不了牛屎和马粪！风餐露宿，四处游荡，甚至，失去了观赏落日和朝霞的兴致！

我兴冲冲地告诉牛仔，我要到荒原去，在牛仔中间生活几天。

牛仔上下打量我半天，拍拍我的肩头，笑着说：

"表面看来很有诗意的东西，在现实的世界里，确实是很普通的，甚至是很艰苦的。如果，怀着美好的愿望，寻找诗意的生活，可能会失望的。我没有让你悲观的意思，只是希望你，要有心理准备，少受点精神磨难！"

唱片公司的广告狗

音乐商店的橱窗里摆着那个著名的雕像：一只大狗面对古老的留声机的大喇叭聆听音乐。

世界著名的音乐家几乎全部集中在桑蒂小城的音乐商店。大家好奇地望着橱窗里的狗。

莫扎特说："这条狗，居然能听懂我们的音乐！"

西贝柳斯说："看来，它对反抗暴政的交响诗也挺感兴趣。"

贝多芬说："上帝保佑，但愿它能理解我的《命运》！"

音乐商店的老板说："坦白地讲，这条狗是我们唱片公司的金字招牌，已经有上百年的历史，它确实是一条能听懂音乐的好狗！"

音乐家们想试一试，就请李斯特弹一曲《匈牙利狂想曲》，再让狗儿重复乐句。可是，音乐家们只听到几声狗吠。

商店老板急忙解释说："请大家不要介意。尽管这条狗有美好的愿望，但是，毕竟是一条狗啊！"

佛　手

　　檀香木雕刻的一双佛手，细细的指尖，并不宽厚的手掌，透出一股灵气，传达出一心向善和向往光明的意趣。人们站在这双手前，心中的尘埃会一点一点落下去，心变得清爽、安静。

　　"这是哪位艺术家的作品？"

　　"一位大师。他创造了这双手，也重新塑造了自己的灵魂。他说，他感觉到，自己的灵魂就在这双手上。"

　　是啊，如果拥有纯真的信仰，就好似拥有了这双手。

　　这是信仰之手。它托着浩瀚的宇宙，也托着信仰者的灵魂。

小渡鸦摄影展

　　渡鸦学校礼堂外面的长廊上，正展出小渡鸦们的摄影作品。一幅幅照片，都有些古怪，全是一些似曾相识又有些陌生的图景，一些刁钻的角度，一些意想不到的光影，一些难以用语言说清楚的意境……小渡鸦的照片令人称奇，也令人深思，一下子引起轰动，消息不胫而走，传遍全城。

　　《城市新闻》的大记者猫头鹰特意来访。

学校的美育老师——一个秃顶的老渡鸦这样回答记者：

"我不是让我的学生现在就去创作完美的艺术品。我只是告诉他们如何观察世界。要在平凡的事物中，发现不一般的景物，要尽力做到，别人没有发现的，别人没有注意到的，我们要看见，并把它记录下来。有了这种观察世界的能力，何愁将来拍不出好照片！"

"现在这些照片就相当不错。"猫头鹰说。

"哪里，哪里！仅仅是习作而已。"渡鸦老师说。

"您太客气了。"猫头鹰说。

"不是客气。"渡鸦真诚地说，"如果一个人这样轻易成功的话，他还能发展吗？他还能成为一个伟大的艺术家吗？学徒和大师是不同的，尽管，学徒有时也能办点好事。哈哈！"

美丽的谎言

圣诞之夜，门外的一块大青石和一棵枞树聊起来。

大青石说："你瞧瞧，屋里多么热闹！一棵假的圣诞树比你这个真树还受欢迎！"

"这有什么不好吗？如果用真树，一年不知要砍伐多少树木！你看看，我现在头顶着白雪，枝条上面落满白雪，生机勃勃，多漂亮！"

"你说的也有一些道理，可是，假的，就是假的。"青石说。

"老弟，你不要太较真！就这家房子的立面来说，看去像大青石砌的，其实，是硬塑料板材。如果用你，怎么能这样省力又漂亮！另外，你也知道，这个地区是地震多发区，万一地震，墙倒了，可不是闹着玩的。"

"我还是觉得用真石头好，不漂亮，但结实！"青石说。

"你太犟了。其实，在我们的生活中，有时需要一些代用品。"

"你是说，谎言吧？"

"就算是谎言，也是需要的。"

"举个例子，说说看！"

"这家的孩子在国外留学，生活相当艰苦，可是，总是对家长说，生活非常好，请放心。这就是美丽的谎言！但，很需要！"

"家长心里是知道的，是谎言！"

"也许知道。正是这美丽的谎言，给全家带来了愉快。"

"我还是觉得不妥。谎言就是谎言！"青石还是坚持自己的观点。

"也许你的坚持是对的。难怪你叫大青石脑袋！哈哈！"

"雷神"的传说

我们打着伞，顶着蒙蒙细雨，走向尼亚加拉大瀑布，去倾听"雷神"的怒吼，去看看它的真面目。

成群的海鸥一声声尖叫，围着我们翻飞，好似有什么话要向我们倾述。

海鸥，你们有什么话要讲?

尼亚加拉大瀑布，如今只剩下一个轰隆隆作响的空名，再没有人胆敢把最美丽的姑娘扔进深渊，"嫁"给"雷神"。

"雷神"一点也不可怕，可怕的是躲在"雷神"背后的印第安酋长和巫师。正是他们装神弄鬼，维系着强权统治。

建立在欺骗和暴力基础上的原始部落早已经灰飞湮灭，也必然灰飞烟灭!

是时间使人们有了智慧，还是人们在抗争中认识了大自然?

……

海鸥只是一声声尖叫，并没有讲出更多的真话。

真话，或者真理，还需要我们自己去"悟"。

两只帝王蝴蝶

深秋时节，墨西哥南部密林深处，雄性帝王蝴蝶交配之后，就像秋天的红叶飘落在草地上，安安静静等待着生命的最后时刻。

两只雄性帝王蝴蝶一前一后跌落在一起，翅膀挨着翅膀。它们互相看看，悄悄聊起来。

"你看见我翅膀上的纸条了吗?"一只帝王蝴蝶问。

"看见了，397 号!"另一只蝴蝶回答。

"这是科学家 Fred Urquhart 博士给我帖上的。我能与他合作，感到非常骄傲。他老人家用了40年的时间才找到我们聚会的神秘殿堂，看到了我们生命最后的爱情舞蹈。"

"对一个人来说，一辈子干不了多少事，干成了这件事，发现了我们的秘密，很了不起！"

"是啊，和博士相比，我们帝王蝴蝶一辈子也干不了多少事，但是，我们尽力了，也有足够的理由自豪。"

"我也是这样想的。我们暂短的一生，从丑陋的爬虫变成漂亮的蝴蝶，这是一。并能像候鸟那样，靠着单薄脆弱的双翅，飞越高山峻岭，穿越城市乡村，顶着风风雨雨，从寒冷的北美州，来到温暖的墨西哥，进行生命的长征。这是二！"

"还有三呀！"另一只帝王蝴蝶说。它的声音十分微弱，但，充满喜悦。"我们曾拥有伟大的爱情。世界史上最美丽的帝王蝴蝶爱过我们！"

两只蝴蝶脸上挂着微笑，慢慢阖上了眼睛，幸福地沉沉睡去。

砖

我坐在奥运广场的石阶上，欣赏冬日的喷泉。那成排的水柱从雪花图案的大理石孔洞喷出，又跌到大理石上，溅起团团水花。水珠挂在栏杆上，结成大大小小的冰溜子……

我突然发现，脚下浅黄色的耐火耐磨的砖上有人的名字和单位的名称。"这是怎么回事？"我有些纳闷，心里一琢磨，马上就明白了这些砖和奥运会的关系。

这时，一只小喜鹊落在我身边，翘翘尾巴，自我介绍道："我是小小'万事通'，上知天文，下知地理，更会测试人的心理！不信？我就告诉你，你现在想什么！你在问自己，这砖头是干什么的？对吧？"

我从心底想结交一个这样聪明的"活宝"朋友，立刻说："对，对极了！"

"我告诉你，这些砖上的人物和单位，都是为奥运会捐献了财物，为奥运会做了贡献的！"小喜鹊侃侃而谈。

"所以，把他们刻在砖头上！"我接过话题，故意找茬地问，"可是，这又能说明什么呢？"

"一切伟大事业的成功，都要依靠无数小人物的付出和奉献！"小喜鹊咋咋呼呼，做着十分夸张的手势说："对吧？你是从中国来的，你更应当知道，中国的万里长城可不是秦始皇一个人修建的！对吧？"

我还想问问"万事通"别的事情，可惜，它翘翘尾巴嘻嘻哈哈地飞了。

三件 T 恤衫

"好运"旅游纪念品商店的橱窗里摆放着三件 T 恤衫。图案分别是火鸡、狼和鲑鱼，设计全部出自年轻艺术家之手。旅游者非常喜欢这些具有美国风格的东西。可是，也有个别人不喜欢。

"怎么把傻乎乎的火鸡弄在衣服上！穿上它，还不变成傻瓜！"

"狼多么可恶！狼子野心，谁爱它？"

"鲑鱼张开大嘴，离开水面，还能活？"

夜里，T恤衫们闲聊。

火鸡说："不同的生活经历，积累不同的经验，也会产生不同的思维。说风凉话的人哪里知道，我火鸡拯救了一个民族，我是吉祥物，我是感恩节的主神！"

狼说："从古至今，不论在美国，还是在世界其它地方，没有一个人不骂我！今天，人类终于明白，我是大自然生物链的重要一环，不可缺少！还有，我的谋略和精神，给了人类多少启迪！许多事情的优劣需要时间去证明！当然，对我来说，已经有点太迟，我受了过多的委屈！"

鲑鱼说："画家把我画在水面上，这是一种表达方式，也是画家创作的自由！别人何必大惊小怪！我知道，我不是飞鸟，更不想飞！我不会离开水面！我只是代表一种回归山溪的力量！"

天亮了，商店开门了。T恤衫很快就被抢购一空！当然，买T恤衫的人并不知道昨天夜里T恤衫聊了什么。但是，他们早就知道火鸡、狼和鲑鱼在美国人心中的地位。

玫瑰干花瓣

初春，白雪还没有融化尽。一位穷困的年轻诗人在路边散步，无意中，他发现一丛玫瑰。奇怪的是，这丛玫瑰枝头有许多干花苞。诗人好奇，摘下一朵，立刻闻到沁人心扉的清香。

"这是怎么回事？"诗人问道。

"说起来有点话长。去年深秋，我们正准备绽放的时候，突然下了一场大雪，紧接着寒冬而至，大雪一场接着一场，几乎把我们埋在雪里！开始，我们十分惶惑，不知道怎么办，心里非常害怕，感到自己全完了！没有任何希望了！可是，在大雪的下面，我们感受到了阳光！我们回忆起雨露，回忆起园丁温暖的手，回忆起花朵姐妹们！"

听到这里，年轻诗人感慨地说："我现在正经历着你们曾经感受到的苦闷。我以为，我很无助，在黑暗中孤独前行，承受者质疑和冷漠的眼神。现在，我懂了，不仅仅是这些！不！在我的心里还有大自然赐给我的阳光！"

诗人把干玫瑰花瓣全部摘下来，带回自己的小阁楼，装在一个玻璃瓶子里，摆在自己的桌子上，当成自己的"守护神"。

年轻诗人发愤用功，终于成为一位杰出的诗人，他的成名诗集就叫《玫瑰干花瓣》。

立志的巴克夏

巴克夏是一头小肥猪。它看到一些大猪没命地大吃大喝，结果，没几天全被送到屠宰场。小猪心里非常害怕。它立志少吃东西，不让自己长大。开始，它还可以忍受肚子咕咕叫，可是，日子一长，它就忘记自己的志气。特别在好吃的东西面前，总也忍不住大吃一顿。在大嚼一通之后，又非常痛恨自己，揪着自己的头发大骂自己没有出息！

日子就这样一天天过去，小猪不知不觉变成大肥猪。

在去屠宰场的路上，它仍然在揪自己的头发自责！

陨石雨

天文台预报，一场宏大的陨石雨将从天而降。

许多天文爱好者、摄影爱好者、记者和喜欢新鲜事物的人们集聚在宽阔的广场上，其中还有一位白发苍苍的老哲人。

当陨石雨开始降落的时候，广场上一片惊呼声。

陨石雨很快结束了，记者们开始采访，人们纷纷讲了自己的感受。当记者问到老哲人时，老人家笑着说：

"任何时候，我们都不要以为，天上的星星会全部掉下来！"

春 雨

云雨蒙蒙，瓦沙切·郎岚的山头被遮住，山腰和云雨分不清界限，空气中弥漫着山、云雨、树木、石头和水的气息，不远处传来几声湿淋淋的杜鹃声。这是早春的精魂，飘忽不定，难以察觉，又确确实实来到身边！低头看看园中的残雪，早已酥软，雪旁的小草由黄变绿，勇敢的蒲公英居然吐出小小的花蕾。

"这种细小无声的力量，多么伟大啊！"一位正在栽种花草的园丁说："与之相比，不知有多少人像打雷似的大喊大叫，要给别人办点好事，往往什么也办不成，只是叫喊两声而已。"

复活节趣事三章

1.巧克力兔

一只棕色的兔子，没有长绒毛，重达一公斤，一双长耳朵比身体长一倍，露着大门牙。有意思的是，那门牙像一颗倒放着的心脏，表达着爱意。兔子脖子上戴着天蓝色的领花，一身咖啡色的燕尾服，灰色的背心，搭配十分得体，非常漂亮！

啊，这样古怪的兔子，谁见过？

这是可爱的巧克力兔，正摆在复活节的货架上，成为孩子们和家庭的新宠。

欢乐的节日里，孩子们吃着巧克力兔，并不明白什么是复活节，可是，孩子们记住了复活节！

世界上确确实实有许多严肃和神圣的事情，需要年轻人知道，但是，方法可以灵活、轻松。真正的细节完全可以留给明天，等孩子们长大了再细说。

2. 兔巴哥

玩具火车"呜呜"响着车笛，在商店的广场上停下来，停在兔巴哥的花园前。雪白的篱笆墙里，鲜花盛开，绿树成荫。可爱的兔巴哥一身白毛，粉红色的长耳朵，穿着有些肥大的蓝色西服，土黄色的衬衣，扎着彩色领带，样子非常滑稽有趣。它挥手，跳舞，欢迎小朋友来花园做客。

有些孩子非常高兴，手舞足蹈，他们坐在兔巴哥的怀里，在聚光灯下合影。

有一个孩子哇哇大哭，说什么也不和兔巴哥在一起！逗得家长们哈哈大笑。

看来，世界上所谓好玩的事情，对个别人来说，并不好玩。

人们有笑的权利，人们也应当有不笑和哭的权利！

3. 巧克力彩蛋

传统的复活节，人们要制作彩蛋。据说，还有些艺术家和工匠，利用蛋壳制作精美的礼品，成为昂贵的装饰物，为皇家和大博物馆收藏。

如今的复活节也有彩蛋，但是，样子平平。还有另一种彩蛋，五光十色，光彩照人，它们就是巧克力彩蛋，标致，精美，好看，好玩，好吃，还是好礼物！

"古老的传统一经与现代和童心融合，就会散发出新鲜的气息，世上就会弥漫着甜甜的巧克力味道和诗意！哈哈！"巧克力彩蛋无不自豪地说。

钓鱼者

钓鱼者一身标准的钓鱼装束，开着汽车来钓鱼。他头顶遮阳软帽，身穿防水裤，脚踏橡胶靴。钓鱼的工具更是成套齐全。他来到山溪边，把网兜放在水里，又在岸边的树上系牢，准备收获快乐。他不紧不慢地在鱼钩上安放鱼饵，一个一个地甩到山溪里。接着，就是安安静静地坐在折叠椅上，聚精会神地望着那些美丽的渔漂，等待鱼儿上钩。

时间悄悄溜走，太阳从东方的树梢上走到西方的树梢上。山溪边上，光线暗下来。

他没有钓到一条鱼，哪怕是粉笔头那样小的鱼也没有！可是，他依然哼着歌曲，快快乐乐地收拾钓鱼工具，准备回家。

一只在树上一直观看钓鱼的小山雀嘲弄地问："今天，又是两手空空？"

他笑着回答："我知道，我不是一个好渔夫，可是，我得到了钓鱼的快乐。小家伙，你有这样的智慧吗？"

图 腾

美洲北部印第安人的村庄里，每家的房门前都高高矗立着图腾柱。这些古老的雪松木柱，由于年代久远，有的已经开裂，涂在上面的色彩斑斑驳驳早已脱落不少，但图腾依然头顶蓝天，神采飞扬，令人敬畏。

图腾柱子上的狼问朋友："为什么人们这样崇拜我们？"

熊回答："因为，我们很伟大。"

鹰问："我们伟大在什么地方？"

乌鸦说："因为，我嘴里叼着太阳！很早很早以前，我偷走了太阳，如今，我又把太阳带回大地，人们有了光明！"

"如果这是真的，自然，人们会感谢我们，可是，这仅仅是一个传说！"狼说。

熊说："乌鸦就会吹嘘自己，把自己看得十分了不起！就凭你这模样，怎么叼走太阳！？"

乌鸦不高兴，回敬一句："我的样子是不怎么好，是个熊样！但是，每个印第安人的家庭都知道我叼走太阳的故事！"

"哈哈！这才有点接近事实！我们谁也不要忘记，我们是印第安人亲手雕刻的！我们是他们的儿子！人们崇敬的不是我们而是我们的父亲——印第安人！"鹰说。

很多情况下，别人尊敬我们，倒不是我们自己有什么大本事，而是尊重我们祖先留给我们的文化。

三姐妹

印第安人基本是靠玉米、赤豆和南瓜生存。他们认为，这三种作物都有灵魂，常常把它们种在一起，亲切地称呼它们为"三姐妹"。

——题记

欢快急促的鼓声吵醒了印第安人粮仓里的玉米、赤豆和南瓜。

玉米伸伸懒腰，说："这是人们过新年的鼓声！"

赤豆也伸伸懒腰，说："这是乞求我们保佑的鼓声，保佑明年大丰收！"

南瓜说："还有，期望人丁兴旺。"

"这些朴实的人，期望不高，仅仅是一个温饱。"玉米说。

"我们仅仅尽了一点点力量，不让他们忍饥挨饿。"赤豆说。

"他们却把我们当成神灵！"南瓜说。

"其实，我们算个什么！"玉米说，"是他们把我们种在田里啊！"

"没错！我们只是缠绕着玉米秆爬上去，结几个豆荚。"赤豆说。

"我们仅仅在玉米秆下面生长，不让杂草丛生罢了。"南瓜讲。

玉米真诚地说："事实上，是他们给了我们生命，把我们种在土里，哺育了我们，反过来，却把我们尊为神灵！这些人是多么朴实纯真！"

"是啊！我们应当感谢的是他们啊！"赤豆说。

"可是，有些时候，我们却忘了，在这个世界上，谁养活谁！"南瓜喃喃地说。

期　待

郁金香宽厚的绿叶早早冲破冰雪的压迫，显示出渴望春天的力量。可是，时间一天天过去，金盏花、蒲公英、紫罗兰和兰草等等许多小花都相继开放了，郁金香只长了一丛丛绿叶，迟迟不开花。红腹山雀有些心急，就去催促。

长在郁金香旁边的玫瑰树笑了，说：

"小山雀，别着急啊！到时候它们就绽放了！"

这时，小山雀才注意到玫瑰树。只见，玫瑰的枝干还没有变得柔软，浑身硬刺，在老树枝上刚刚露出零星几片深红色的叶芽。看到这里，红腹山雀突然领悟到一些东西，笑道：

"是啊，我有些心急呀。不过，这是我们美好的期待啊！"

浑身硬刺的老玫瑰笑道："你们的期待当然很好。我可以明白地告诉你们，像郁金香这样经过冰雪磨练的花，绝对不会辜负你们的期待！中国古人讲得好：好饭不怕晚！你们也要给它们一点积蓄力量的时间啊！"

山和老人

老人喜欢看山。他第一次看见瓦沙切·郎岚山，觉得山是那么遥远，在夕阳西下的时刻，仅仅看见高低起伏的轮廓。渐渐的，他觉得山一天天靠近自己。谁说大山不会走路？山走近了，老人看见山绿色的斜坡上有一片松林，在嶙峋的岩石上有难以察觉的小路，那山顶上的怪石好似神话中古代的城堡……。

秋日的黄昏，大山突然穿上了火红的衣衫，闪闪生辉。老人不明白，山怎么会燃烧？那灿烂的身影永远留在老人的记忆里。冬日来临，下雪了，山头上白雪皑皑，山腰却黑白分明，那些顽强的松树成了黑色的影子。在阴影里跳动的白点是岩羊吗？

山一步一步走近老人，老人感觉到从山谷中吹来的风，带着清新的气息，带着大山和森林的肌肤的味道。

当老人远走的时候，山会站立起来，遥望老朋友；当老人回来，坐在阳台上，大山也会坐下。不论是白云如丝缠绕着山腰，还是乌云如铁压在山头，大山一点一点地靠近老人，靠得是那么近，老人都听清了大山的心跳声。

一天，大山问老人：

"是不是，爱可以缩短我们的距离？"

一架喷气式飞机在山顶上拉出一条白线——这是涡轮发动机喷出的热气流突然遇到冷空气凝成的水雾，飞机接过话题说：

"历史上是这样，现代化的今天也是这样，相互靠近和理解才是爱啊！"

老人仅仅是听着，望着那喷气飞机留下的笔直的白线渐渐消融在云彩里……

开拓者

在犹他州博物馆里有一幅生动的历史画：

开发美国西部的道路上，风雪交加，一位强悍的男人脖子上围着红色的围巾，左手拉着马缰绳，右手握着一支来复枪，正警惕地率领全家前行。他的妻子和小儿子骑在马上，衣衫单薄。妻子正回头担心地望着走在车后的老父亲。老牛拉着大篷车，在冰雪泥泞的道路上缓缓移动。车上坐着两个愁眉苦脸的孩子……

这画面已经成为往事，可是，画面上的人物仍然牵动人们的心。许多人在这幅画前驻足，感叹着创业的艰辛。

一位参观者感慨道：

"开拓的历史常常滴着鲜血和眼泪。在世界上，在任何地方，也不会有例外，都要经历风风雨雨啊！"

另一位参观者说：

"据考证，这幅画表现的是捷克家族真实的开拓史。他们一家就是这样走过来的。可惜，有些坐享其成的后代，并不理解父辈的艰辛。你瞧瞧，坐在大篷车上的两个孩子，其中一个，后来成了败家子！"

砂岩危拱

> 砂岩危拱是犹他州的象征景观。高高的山上，远远望去，那拱门上的环即将断开和倒塌，十分危险。实际上，千百年来，它矗立在这里，结实得很！
>
> ——题记

圆圆的月亮爬上来，好似一盏橙红色的大灯笼，照亮群山，照亮山上的砂岩危拱。在清澈透明的夜色里，在神秘莫测的橙色的光辉中，砂岩危拱更显得高大和神奇。

月亮对天河母亲说：

"天风吹拂几千年，才精心雕琢了这一把竖琴，它每天在弹奏英雄交响曲，只有那些勇于攀登的人，才能够听到它的呼唤，来到它的身边。"

天河母亲说：

"月儿的话里孕育着道理：只有那些有伟大志向的人，才能得到崇高的荣誉。很对啊！哎，好久好久，我没有听到天琴的演奏了。也许，在天宇中，没有处在英雄辈出的时代，尽是些鸡鸣狗盗之辈，软绵绵的曲调不绝于耳！没有崇高的志向，没有荣誉感！哎，我是多么渴望听听天琴的演奏，为我唱一首天宇英雄的赞歌！"

月亮说："妈妈，您别急，您先听听大地上竖琴的演奏吧。"

天河说："是啊，是啊！我正在听哩。大地上平常人的英雄史诗也很伟大啊！"

毛姆的大白菜

美国医生毛姆去中国北方讲学的时候正是秋天，正是北方人储存秋菜的季节。大白菜铺天盖地，家家户户的院子里，阳台上，到处都是大白菜。

毛姆作为访问学者，在他的强烈要求下和中国的同行一起参加了储存大白菜的活动。他们用板车拉回白菜，在院子里晒菜，讲着笑话，说着故事，还用白菜帮子剁成馅，包菜团子，大吃大嚼。

毛姆和新朋友相处甚欢，没用更多的时间就成了推心置腹的朋友。专业交流不必细说，成绩斐然。他们还利用业余时间，同游北京名胜，访问胡同人家，欢度中国春节……一晃，一年过去，又到了秋菜季节，毛姆和朋友们再一次储存大白菜，同时，毛姆也到了回国的时间。

毛姆惜别了中国朋友，回到美国之后。每到秋天，就在自家的仓库里储存几棵大白菜。这事被一个朋友发现了。

"天啊！超市里有的是大白菜，新鲜又便宜！你这是干什么？白菜全蔫了，还能吃吗？"

"难道，我还不知道大白菜蔫了！"毛姆说，"老实告诉你，我保存的不是大白菜，而是一生中最美好的回忆！"

有的时候，有些事表面看来很滑稽，不可理喻，但是从人的内心感受来说，它是严肃的，有道理的。

在你的心里储存过毛姆的大白菜吗？

我诚心诚意地对您说：储存几颗吧！

毛姆的大白菜（续）

十几年之后，毛姆又去北京。这一次不是讲学，而是旅游。他特意选择了秋天。

毛姆到了北京，北京有了新的现代的大机场。

毛姆会见了老朋友。他们个个脸色红润，微微发福，西服革履，有的人还有了自己的汽车。

毛姆和老朋友去北京名胜，风景区处处是游人。

毛姆他们又去寻访胡同，胡同不见了踪影。

一天，毛姆问起大白菜。老朋友们哈哈大笑，说："老皇历，看不得了。如今有超市，什么季节的菜都有，用不着储存了。过去，物资匮乏，冬天几乎没有蔬菜；有也太贵，买不起，就利用秋天蔬菜便宜，多储存一些啊。"

"啊，啊……"毛姆哼哼哈哈地答应着，心里却有些失落。他很怀念拉板车买大白菜的日子。

毛姆回国之后，给朋友们写了一封意味深长的信，信中说："哈哈，我想明白了，那大白菜只不过是一个道具，中国人利用它上演了一场共度难关的喜剧！这几十年，你们做了许多事，只是希望你们，别把那种乐观精神弄没了啊！让我的心和你们的心一起拉着板车再储存一次大白菜吧！"

犹他大学二章

1. 山体上的大 "U" 字

大学超市里，为来访者准备了丰富的纪念品。红色的运动服、红色的运动帽、红色的吉祥物、红色的橄榄球、红色的纪念册、红色的笔记本等等，一片火红！这是大学的基本标准颜色。同时，每一件物品，不论大小都有大学的标记，一个 "U" 字。

一个身上标有"U"的橄榄球十分自豪地对我说："我们大学的球队是最棒的！带走我做纪念吧！我以大学的名誉向您保证，我很棒！看看我身上的 U！"

我离开大学超市，我看见在高高的山坡上有一个极其醒目的大"U"字。我正感到惊奇，那个字开口讲话了，那声音之大，如雷贯耳："U 代表我们的名誉！一个大学和一个人一样，名誉比真金还珍贵。我站在这里，大学的每一个人都可以看见，我在警示大家，珍爱自己的名誉！"

2. 癌学院

也许是命运作怪，我这个病号，阴差阳错来到犹他大学癌学院参观！据说，这所现代化的科研和医疗相结合的学院是一位身患癌症的富人捐赠的。为什么捐赠？这里的道理很明显，无需多说。他的精神和为人值得敬佩。可是，我来这里干什么？我怎么会来到这里？我很疑惑。正在这时，从病房里推出一辆车，四五个医生和护士维护着车上的病人，在我面前匆匆走过。我看了一眼病人，带着氧气面罩，没有睁开眼睛，自然，他也不会看见我。即使看见我，他会向我说什么？我还在疑惑当中，很想离开这里，在电梯门口，另一辆车又推出来……我不想再看，转过头去，爬楼梯，不乘电梯……

离开癌学院，我的心情倒轻松许多。我想，世界有许多癌病患者，我不算最糟糕的。生命对谁都是有限的，但是，那个捐赠医院的人的生命是不朽的。

小山雀

小山雀把壁炉的烟筒当成了巢，钻到里面，就跌下大黑洞，弄了一身灰不说，不管它如何扑腾双翅，也无法飞出去。小山雀拼命挣扎，扑腾声惊动了壁炉主人——一位老学者。

"什么东西在壁炉里？大白天闹鬼？"

也许是听到人声，也许是小山雀累昏了，壁炉里悄然无声了。

半夜，壁炉里又有声音。壁炉主人被惊醒："什么东西在里面？"

清晨，老学者打开壁炉，"扑"的一声飞出来一只山雀。小鸟在屋里飞了一圈，落在书架上，接着，一头向窗户撞去！……老学者费了不小力气才抓住在房间里乱飞的小鸟。老人轻轻握住小生灵，感到鸟儿的体温和心脏砰砰跳。老学者急忙打开家门，把小鸟举过头顶，放飞：

"你自由了，小鸟！今天清晨，是我一生中最美好的清晨！"

越战纪念碑

纪念碑是 1982 年建成。设计者是林璎（林徽因的侄女），当年正在耶鲁大学建筑系攻读，时年 21 岁。

　　我参观这座碑纯属偶然。本来去拜谒林肯纪念堂，路经这里。导游小姐说，顺便看看吧。我很感谢导游小姐的安排，她让我看到了一个令世人深思的地方。

　　这个碑很特别。它好似一个巨大的隐形三角翼飞机的翼展，呈 V 字型，长长的翼尖，一头对着国会大厦，另一头对着林肯纪念堂。它横卧在一个长满青草的低地上，远远看去好似一条黑色的地平线。近处一看，黑色的大理石上尽是密密麻麻的人名，但，排列有序，十分规整，好似庄严的阅兵式的队列。

——题记

　　一位近 80 岁的老人，深知世界炎凉，正走近越战纪念碑。在黑色大理石面前，老人突然感到，飞机低空扫射，丛林在劈劈啪啪地燃烧，炸弹爆炸的气浪使他站不稳脚跟，还有妇女和儿童的哭喊……

　　老人怔住了，不想再往前走，可是，又不能不往前走！他一边看那些黑色大理石上冰冷的名字，一边猜测着那名字后面鲜活的人和他们温暖的家庭。老人的头脑里一闪一闪出现了许多念头：

　　"世界为什么要这样？"

　　"这样的世界好吗？"

　　"谁制造了这样的世界？"

　　"如果，我是一位老母亲，或者是一位年轻的妻子，我又能感到什么？……"

老人蹒跚着离开了大理石的纪念碑，走到路边，翻看放在玻璃盒子里的参战者花名册。那厚厚的花名册好似一本牛津大辞典！上面有多少人的热血和眼泪啊！老人的手有些发抖，他问自己：

"这就是我们人类生存的意义吗？"

能够让人深思的艺术是伟大的！

雪　山

莽莽的大雪好似从天宇垂下的天鹅绒大幕，把瓦沙切·郎岚山遮挡得严严实实。大山在我的面前整个消失了。

大雪下了两天才停。天晴了，太阳出来了！太阳一扫几天来集聚的阴霾，披银的山峰露出身影，闪闪生辉，白得耀眼。我好似第一次看见它的容颜！它好似传说中的白龙！此时此刻，我突然明白，什么是雪山的庄严。我的心向雪山顶礼膜拜。

几天来，太阳照耀着雪峰，雪开始悄悄融化。雪水沿着山脊流淌，躲在白雪下面叮咚奔流。这时，我才理解，山溪为什么那么甘洌透明！

有人感叹道：如果没有人类的干扰，大自然多么美好啊！

又有人说：如果没有人去欣赏，雪山的庄严和山溪的甘洌透明又有什么意义呢？！

我想了一阵，说：你们的想法都有一定的道理。但是，我觉得，其实人很需要珍视和欣赏自己心中的雪山和山溪！在自由的阳光下，获得雪山那样的庄严和山溪那样的甘洌透明！

枪

圣诞节前夕逛超市，在出售纪念品和玩具的柜台上，我惊奇地看到了枪，并好奇地拿起来仔细观察。这枪设计精良，造型优美，看上去十分好玩，还有粉红色的枪托。大概是给女孩子准备的吧！这是小口径的气枪，塑料子弹，是玩具，是用来打鸟的。

可是，在电视上正在播出康乃狄克州新镇桑迪胡克小学枪杀案，死了20名可爱的孩子，挺身保护学生的6位女老师也躺在血泊中，而年轻凶手在枪杀了母亲之后，自己也饮弹身亡！

总统先生亲往当地慰问受害者家属，并在当晚参加悼念仪式。总统讲话时哭了。

马后炮的警察们如临大敌，赶紧出动。

在孩子和老师遇难的地方，摆满了鲜花，点燃了蜡烛。

节日前夕呀，全国一片悲痛……

我不知道，玩具枪和真枪有什么内在的联系。

我是一个没有带枪的老人，我只是对年轻的老师和学生无谓的死亡感到非常痛心，同时，有一种莫名的恐怖。

圣诞老人

圣诞老人驾着鹿雪橇来到我家门前。我急忙打开门，请老人进屋："欢迎！欢迎！外面雪大，请进屋喝杯热茶！"

"中国茶？太好啦！"圣诞老人背着一口袋礼物进了屋，坐在沙发上，问："你是从中国来的？"

"对，中国！"我一边答应，一边端上热茶。

圣诞老人举起茶杯，端详着精美的瓷器，问："您也知道圣诞吗？"

"当然知道，是耶稣降生啊！"我回答。

"哈哈，您瞧瞧！"圣诞老人喝了一口热茶，说，"本来是耶稣降生，我却成了主角！世界上到处都有我的身影！有时，人们只顾吃喝玩乐，倒把耶稣忘在脑后，心里只有我这个白胡子老头和礼物！啧啧！"

"这也是人之常情，过节了，放松一点啦。"我说。

"也许是吧。"圣诞老人站起来要告辞，"谢谢你的热茶！有的时候，我们喝着甘甜的水，却不知道水从那里来的！你们中国有一句老话，叫作'饮水思源'，说得好啊，说得好啊！"

圣诞老人驾着鹿雪橇消失在莽莽的大雪中。他的话仍在我的脑中回响。

云和山

我每天安闲地坐在屋檐下，观赏不远处的山和附近的云。这山曾是印第安人的大山，名字叫瓦沙切·郎岚，而那云没有名字，不过，我知道它是印第安时代的云。

云飘飘缈缈，变幻花样，在山峰前走过。云羡慕山，它说：

"我多么渴望变成山，不管吹什么风，我岿然不动。"

山望着云说："你是多么自由自在，可以走遍四面八方！"

我听着，感到它们只知道事物的一半，如果换一种方式思维，也许就不会这样感叹了。我想告诉山和云，可是，云走了，山开始打瞌睡。我只好对自己说：

"由它们去吧！总会有一天，它们自己能看到事情的另一半。"

借 口

"妈妈，我的眼镜跑到哪里去了？"

"你自己放到哪儿啦？"

"我就把它放在书桌上！它跑了！"

"它也没有腿。"

"它有腿！……妈妈你看，我抓到它了！眼镜有两条腿！"

"好啦，好啦！弹弹钢琴去。"

"妈妈，我真想弹，可是，钢琴不愿意。"

"它怎么会不愿意？"

"它在屋子里乱走。"

"它也没有腿！"

"不，妈妈，你看，它有三条腿啊！"

借口很好找，可是，所有的借口都是幼稚可笑的。

商店三题

1. 灯　罩

商场里陈列着许多灯罩。这些灯罩洁白如雪，都是用最简单的材料制作，造型却可爱、新颖。有的像中国古代帝王的宫灯，有的像中国农家的篓筐，有的利用塑料和硬纸折叠、穿插、编织成一簇簇团花或多棱多角的星星……这些灯罩淡雅、轻盈、美丽又实用，只是价格不菲。

一位老教授要买灯罩。他的夫人说："老头子，这灯罩漂亮是漂亮，只是太昂贵。能不能换一个？"

"不行，不行！"老教授把脑袋摇晃得像拨浪鼓，说，"老伴，你仔细看看，这设计可谓巧夺天工！设计者用尽了智慧啊！我看见这美妙的设计，就有一种冲动，一种效仿他的冲动，我也要在自己的研究领域，达到这种高度！"

老伴看到自己丈夫这般动情，也不再阻拦：

"那好！咱们就买这个！我赞助！哈哈！"

许多时候，物品内在的精神品质要远远高于商品本身。大概，人类也如此。

2. 爬上墙的椅子

十六把椅子带着它们五彩缤纷的座垫爬上了商店的墙壁。顿时，大墙变成了一幅立体的现代装饰图画，新奇、怪诞，非常吸引人们的眼球。逛商店的人停下脚步观看。只见，四把椅子一排，整整四排，几乎从地面直达棚顶，每把椅子上像叠罗汉似的放着颜色不同的四个座垫，有的椅子腿还扎着绷带！

人们善意地调侃椅子。

椅子也和人们开着玩笑：

"好好看看我吧！你们的家也可以这样布置，如果你们能把自己挂起来！哈哈！"

一位艺术家说："我可不想像你一样把自己挂在墙上！不过，我真需要把自己的思想挂起来，挂得高高的，换一个方式思考，改变一下视角观察世界啊！伙计，我也要创新啊！谢谢你！"

3. 楼梯扶手

人们没有太留意商店的扶手，可是，它却无声无息地给人带来方便。仔细看，这扶手分高、中、低三层。低的给小孩子用，中等的给个子不高的人用，高的给高个子用，实在周到温馨！

一位带孩子的妇女，看着自己的宝贝孩子把着扶手上楼，会心地笑了。她愉快地对朋友说："商店这样照顾顾客，我们也得照顾商店啊！"

细小的关爱也同样伟大。

得到关爱的人，不要忘记这句中国古老的谚语：滴水之恩，当涌泉相报！

我知道，每个人的心里都渴望回归感恩的时代！

阿拉伯马

雕塑超人和蜘蛛侠走出儿童医院的休息室，大摇大摆地穿过走廊。医生、护士和患病的儿童对这些超自然的人物早已经司空见惯，只向它们招招手，就忙自己的事了。超人和蜘蛛侠利用中午休息时间，去看望大门外的雕塑阿拉伯马。

这位阿拉伯马可非同一般，它浑身上下涂满了几十种颜色，真正的五彩缤纷，十分怪诞，十分抢眼。几乎所有的患儿进医院的时候都被它吸引，一时间忘了自己的病痛，也忘了进医院的紧张。德国画家又写又画出版了一本书《艺术家画蓝马》。也许，人们受到启发，才把阿拉伯马涂成这个样子。

三个雕塑聚在一起，总有讲不完的故事。它们讲些什么，我们不好偷听。但是，它们三个大声吵嚷，海阔天空闲聊，有点肆无忌惮，你想不听都不成！它们在高谈艺术，在谈自己的感受。只听阿拉伯马说："艺术的真谛就是爱！"

长空雁叫

清晨，年老的流浪诗人在山脚下散步，欣赏着瓦沙切·郎岚山上的风云变幻。突然，空中传来"嘎，嘎！游—够—啦！"的叫声。诗人十分熟悉这沙哑疲惫的声音。他自言自语："这是大雁，我知道！"但是，他还是扬起头情不自禁地去寻找。

流云上空，一行大雁排着那严谨的"人"字形，振翅飞翔。诗人看了一眼大山的走向，推算一下大雁的飞行方向。

"飞向北方！北方！"老诗人几乎在喊叫，"大雁归家啊！归家啊！"

流浪的老诗人难以抑制自己的感情，眼泪夺眶而出。他擦了一把眼泪。自嘲道："如今，白发苍苍，有了这样一把年纪，仍然这般脆弱，可笑，可笑，太可笑！不过，听到这大雁的叫声，我突然明白了'落叶归根'的真谛！我也要回去啦！"

思乡之情，永远比大雁的双翅飞得更快！飞得更远！永远如此！永远如此！

园丁和小鸟

清晨，小山雀在园丁的房屋上欢快地歌唱：

"Di--lili--di！ Di--lili--dili！ Di--lili--di!"

这歌声婉转清脆、嘹亮动听。

园丁正在小花园里翻土，准备种些花草。他被小鸟的歌声吸引，就扬起头观看。

屋顶上圆形的通气孔好似一座漂亮的月亮门。聪明的小山雀不费吹灰之力，就在里面安家落户，建了自己的巢。如今，它正站在月亮门前，抖动双翅，悠然自得又豪情满怀地纵情高歌，俨然是这房子的主人。

看到这里，园丁会心地笑了。

"早安，我的小房客！请你告诉我，你喜欢什么花草，我就种上一些！让我们的家园更漂亮！"

对事物理解得越深刻，爱也会更深刻。

书店三章

1. 这就是春天

盐湖城诺贝尔书店里鸦雀无声，不是买书的人少，而是人人都好似在图书馆里，尽力保持着安静。在这静谧中，突然传来孩子的笑声。原来，在书店正门前设了一个摊床，上面插着一个漂亮的广告，上面写着：这就是春天！几个孩子围着摊床笑。

只见，摊床上摆着五彩缤纷的与春天有关的儿童读物，例如，《画几只美丽的蝴蝶》《我的古怪的小花园》《春天的花园》和《播种亲吻》等等。同时，还摆着迎接春天的贺卡、信封、彩色信纸、小笔记本、玩具风车和小瓢虫模型，都是孩子们喜爱的小玩艺。另外，还为孩子们准备了花园翻土用的小铲子、修剪果树用的剪子、播种用的花籽，甚至有意大利的豌豆和法国的薰衣草的种子。《这是我的小花园》的木牌也放在那里！这些物品，件件设计精美，包装精巧，流露出天真和童趣，又和春天紧紧联系在一起，孩子们能不哈哈笑吗？

对事物的理解越深刻，处理的办法越高明。

谁能深刻地理解春天，春天就会常驻他们的心中。

2. 哲 学

哲学书籍架子上，第一眼就能看见一张大胡子的脸。这是卡尔·马克思。他的著作和柏拉图、亚里斯多德的著作摆放在一起，有一种岿然不动的气势。

一位研究哲学的学者默默翻看架子上书。

书告诉他："人们可以不喜欢、不承认某些观念，甚至可以掀起惊涛骇浪，如果他们有这种能量！但是，在哲学的海洋中，真正的思想者是永远不会沉没的大船！"

3. 壁 画

书店的墙上有一幅精美的壁画，上面画着世界上十几位杰出的文学家——关注人类命运的思想者。他们随随便便挤坐在一起，有的托着腮，有的拄着头，大家都在沉思冥想，一股沉重的忧郁气氛笼罩着他们的心头。

一部包装华丽的肥皂剧的影碟问："他们为什么成天愁眉苦脸的？用得着嘛！"

一部厚厚的历史书回答："他们爱这个世界爱得太深，而这个世界变得越来越浮躁和轻狂。"

"矫情！"影碟用鼻子哼了一声。

"不对！是深情！"历史书回答。

木头汽车

老阿尔特躺在病床已经有些年月，境况一年比一年糟糕，可是，老人顽强乐观，十分开朗和有爱心。

这一天，老人在病床上用力打磨一辆木头汽车。

"这是阿尔特汽车公司手工制造的高级轿车，第 2559 号！"老人开着玩笑，把汽车交给护士和医生。

按照惯例，老人委托医生和护士把汽车转给没有玩具的贫苦儿童。每一次，在场的人都感动得热泪盈眶。

护士感动地说："我们非常敬重这位老人，他把爱献给世界。"

医生说："人啊，一辈子不一定要做出多么惊天动地的伟业，只要能把爱心献给世界，就是伟大的人生！"

墨西哥亡灵节趣记

一、拖　鞋

墨西哥有一句俗语：当老妈脱下拖鞋，你可要当心点！不快跑就要挨打啦！

这"拖鞋轰炸"挺厉害，很痛，让人记忆一辈子。

如今，长大了，却常常回忆起老妈的拖鞋。

亡灵节，在老妈妈的坟墓前，有的人还常常叹息，哽咽着说："老妈，用拖鞋再打我几下吧！"

这有点悔恨的呼喊，令人猛醒，使人感受到母爱曾经有过的力量。

可惜，母亲已经不在了！没有人再用拖鞋打你了！哭吧！哭吧！

墨西哥人弹起吉他，为老妈妈轻轻唱一首《拖鞋歌》。

二、大神艾克肖劳依的狗

大神艾克肖劳依的狗，黑色的毛非常短，几乎是裸露皮肤，身体很柔软，可以爬树上房。这狗最大的神通是借用大神的力量，可以出入阴阳两界。它的名字也怪，叫特兹昆特莱，据说是来自史前的纳华特勒语。如今无人能明白是什么意思了。

这些事，对我们可能并不重要。我们也无法考证。重要的是，它帮助墨西哥小孩子在万灵节的晚上找到了家人，把爱带给了人们！

艾克肖劳依大神告诉世人："你们赞美我的爱犬。其实，在寻找爱的路上，你们比我的狗能做得更好！相信自己吧！你们也去试试！"

三、剪纸挂旗

万灵节期间，缤纷的挂旗在风中飘舞，好似一双双小手在欢迎风中的客人，召唤一个个亡灵！

为了迎接逝去的亲人回家，艺术家带着感情劳作，一双手也显得更加灵巧，把那一张张普通又普通的纸片，变成了非常有价值的艺术品！

"爱心能创造奇迹。"艺术家手里的剪刀说，"看看这飘扬的挂旗，就是艺术家的爱心！当然，世界上好多国家都有剪纸，有的国家还把它当做文化遗产保护起来。保护起来很好！其实，用起来更好！"

四、大丽菊花瓣

橘红色的大丽菊花瓣，每一瓣都会闪闪发光，每一瓣都是铺设桥梁的金砖，又是一张绝美的通行证。亡灵节的晚上，它们承载着两个世界的爱和希望。亡灵们走过这花瓣大桥，才能找到爱和家庭的温暖。

难怪，墨西哥人把大丽菊花推举为国花。人人都希望自己变成一朵大丽菊花。

白毛狐狸的藏书

白毛狐狸特别喜欢吹嘘自己的藏书，动不动就背出一串串书名显摆一番，同时又喜欢讲大话、空话、假话，只是逻辑有点混乱。

小老鼠潜入白毛狐狸的书房，开始大啃特啃书籍。它发现，那些漂亮的书籍全是纸糊的，书脊和封面挺漂亮，里面却是空空的！只是裱糊书籍的浆糊还算有点味道。

"哈哈，我明白了。"小老鼠笑着说，"难怪老白毛成天迷迷糊糊，满脑袋浆糊，只会讲大话空话和假话！"

半截红蜡烛

——自勉

在抽屉里找出半截红蜡烛，一双手把它点燃。

蜡烛内心充满惶惑，吐出疑惑的火苗，闪闪烁烁：

"去照亮别人吗？去解惑吗？如今，我自己都不知道何去何从！"

红蜡烛的自知之明令人感叹。

是呀，科技飞速发展，知识时刻更新，不充实自己如何为别人指路！

北京小兔儿爷

秋天，刮了一夜风，黄叶落满庭院。

老兔儿爷爷早早起床，开始打扫院子。这是老人家的习惯。秋天扫落叶，冬天扫积雪，老头儿还挺忙乎。

老兔儿爷招呼刚刚起床的小兔儿爷："好孩子，来跟我一同扫院子啦！"

小兔儿爷问爷爷："为什么天天扫院子？"

老兔儿爷笑着问："你为什么每天吃饭？"

聪明的小兔儿爷眨眨眼睛，想了一下，点点头，嘿嘿一笑。它明白了。立刻拿起扫把，一边吹口哨，一边跟着爷爷扫起院子。

树上的小鸟看在眼里，高兴地翘翘尾巴，说："哈哈，谁能猜到小兔儿爷为什么也扫院子？"

"我知道！"一只小鸟抢着回答，"这是古老的传统和美德！人要勤快，从小就养成好习惯！"

"哈哈哈，你说对了！"翘尾巴的小鸟说，"每天的事情，要从早晨做起啊！"

小兔儿爷歪着头，向小鸟儿吐吐舌头。

老牛拉车

老牛发现自己的车摇摇晃晃，不往前走。

老牛疑惑地回头望望，问："怎么啦？"

左轮子指责右轮子说："它喜欢显摆，表现自己，总想比别人跑得快些。特别是转弯时，利用我原地踏步之机，它疯狂地往前跑！"

右轮子争辩道："它说的是它自己！我原地踏步时，它才疯狂哩！"

老牛叹了一口气，说："你们真的不懂世间的事情吗？车子转弯时，就需要一个轮子原地不动，另一个轮子快点向前！……我顺便给你们讲点大道理吧。车子好比是两个国家的关系。就拿中国和美国两国关系来说吧，你们一个是中国，一个是美国。只有你们互相配合，互相体谅，有快有慢，车子才能滚滚向前！"

也许是轮子听懂了老牛的话，当车子上路时，两个轮子不再吱吱嘎嘎地乱叫了。

哦，任何时候，任何事情，都需要互相理解和协作啊！

垂柳与荷花

垂柳：你一开花，人人赞美；我一开花，几乎无人知晓，更听不到赞美。

荷花：不是这样吧？中国古诗中的'春城无处不飞花'，这经典的诗句，难道不是对你的赞美吗？

花，各有各的芬芳，为什么要和别人比较？只要是花，更没有必要自卑呀！

道 路

一位哲人在山野小路停下来，自己问自己："一路走来，我不停地东瞧西望，欣赏四周的风景，忘记了自己，忘记了走向何方。……我现在突然明白，路是有尽头的，途中还有许许多多大大小小的驿站。我要去哪里呢？"

生活中的迷茫，如同天上的云朵，像一群白鹅在漂浮……

有的时候，哲人也迷茫。

我们普通人更需要停下来问问自己："我要去哪里呢？是啊，我要去哪里呢？"

稻草和大闸蟹

稻草被用作捆绑大闸蟹。

稻草得意地说："一个人和不一样的人在一起，会出现不一样的价值！"

"是这个理儿。"大闸蟹说，"可是，你不要忘记，因为你没有真才实学，最终不仅被抛弃，还被骂成骗子。这，也是一个理儿！"

独角马、星星和月亮

独角马对月亮说："能让我在你的花园里采几颗星星吗？"

月亮问："你干什么用呢？"

独角马回答："我要去看望一位美丽的姑娘。"

月亮点点头，说："好吧，我跟你一同去。"

独角马采摘了几颗最亮的星星。

月亮变成了一条船，载着星星和独角马来到一条大江边。

江边上，一位美丽的姑娘正在梳洗自己的长发。独角马把星星戴在姑娘头上。月亮立刻变成一面又大又光洁的镜子，照着姑娘的面容。姑娘羞涩地笑了。

月亮说："你们俩见一次面不容易，好好谈谈吧！"

月亮好似吃醉了酒，飘飘悠悠回到天上，对围上来的星星说：

"爱一个值得爱的人啊，真幸福！帮助一个值得帮助的人啊，也挺幸福！"

贵族商店拾零

闲逛商店，看见一些趣事，顺手写点故事，与朋友同乐。

——题记

一、绅士白狗

大白狗威风凛凛地端坐在时尚服装店门前，对一群小白狗很自豪地说："瞧瞧，我们头上的王冠，脖子上项圈，还有高贵的马甲！我们浑身上下没有一样不是世界一流公司手工精制的顶级奢侈品！我们多么高贵呀！我们今天成了真正的绅士！明白吗？"

"明白，我们是绅士啦！"

这时，一位衣装朴素的老人——科学院老院士拄着手杖向店里张望，碰巧听到狗儿的讲话。

老院士说："是不是绅士，不能只看你们的王冠和项圈！拥有奢侈品，并不一定拥有高贵气质，更不代表绅士。"

大白狗的狗脸上闪过不屑一顾地表情，问："为什么？"

老院士什么话也没说，只把刚刚买的香肠扔在地上，转身就走。

老院士身后，吠声四起，立刻上演了抢香肠的闹剧。

"哈哈，绅士可不是用高贵的奢侈品妆点出来的！"

二、时尚 T 恤

老院士发现，许多时尚的服装店，都在高价卖黑颜色的 T 恤，上面画着骷髅、交叉的骨头等等，全是妖魔鬼怪，甚至，可爱的熊猫也皱着眉头，作出愤怒的样子，一点也不可爱了。

老科学家问熊猫："这是为什么？"

熊猫并不知道眼前的老人是一位前沿科学家，哈哈大笑，说："老人家，您落伍啦！这是时尚！懂吗？时尚！您跟不上时代啦！"

老科学家也哈哈大笑，说："傻帽，时代和时尚是两码事！我不是跟不上时代，仅仅是跟不上你们的时尚。谁落伍，还要看下回分解啊！哈哈！"

三、寿司和北京烤鸭

寿司的展台，令人耳目一新，摆放着身穿和服的招财猫、古怪的幸运神、小偶人、小家神、几瓶漂亮的清酒、规格不同的果酱、一个艺术的漆盘、美丽的扇子等等，活脱脱的一个工艺美术品的展览。一块大木牌子，上面刻有"寿司"两个字，这书道虽然末入流，却突出了主题，这还不算。还有一块设计精美的广告牌，上面写道：饭的艺术。对寿司做了简单明了的介绍。

老科学家看看展台，信服地点点头，心里说："饭的艺术啊！"。他又看看漆盘和塑料盒子里食物，有的标价很高，一小盒寿司要

200多元。老人也没有反对的意思，默默离开了。

老人来到卖北京烤鸭的地方。这里倒十分热闹，人来人往，买卖兴隆，可是，除了店名之外，没有任何推介宣传，只挂着几只肥肥的烤鸭。买烤鸭的人和逛商店的人无法知道烤鸭的历史、烤鸭的特色、烤鸭的系列产品和烤鸭文化。不知道吃鸭子时喝什么酒……更没有艺术家为烤鸭制作小玩偶、漆盘、扇子和书写匾额。

看到这里，老人摇摇头，喃喃地对自己说："难道，我们仅仅是吃几口鸭子肉吗？"

四、书店里的翼龙、腕龙和暴龙

翼龙、腕龙和暴龙的小模型栩栩如生，就摆在儿童读物的书架旁。老科学家童心不泯，翻看着童书，又伸出手指轻轻点点小怪兽的脑袋。这一点可不要紧，小家伙们一下子全活啦！它们叫老科学家"妈妈"，还问三问四。

我们在什么地方？

书店？嘿嘿，这可是一个文明的地方！

我们是文明的小恐龙！

我们要给书店增添光彩！

我们绝不辜负期望，一定做个文明模范！

接着，它们饿了，要吃的。老科学家把香肠分给他们。

翼龙叼起香肠，又扔在地上，反反复复把香肠弄得满地都是。腕龙基本是吃素的，对香肠并不感兴趣，用大脚使劲把香肠弄成肉饼。暴龙是吃肉的好手，它一边"呜呜"叫，威吓靠近的人，狼吞虎咽，一边贪婪地看着别人的香肠，准备冲过去，抢过来。

老科学家看到这里，立刻拍了一下双手。丑态百出的恐龙立刻又变回模型。

"好一个文明恐龙呀！从你们对待食物的态度和吃相上，我已经知道你们距离文明还有多远。"

五、小精灵

一、老科学家发现，商店门口挺热闹，许多人围着小智能机器人，看它在别人的肩膀上跳舞。

老科学家默默地对自己说："女娲用泥土创造了我们，当我们有了意识，就不再听妈妈的话了。如今，我们千辛万苦制造了智能机器人，它们有了自己的意识，还能听我们的吩咐吗？但愿这种悲剧不要重演。"

二、小智能机器人解读了科学家的心语，哈哈笑着说："别怕！我不是人类的终结者，我是人类的好孩子。我知道，如果你们尊重大自然和它的规律，世界上没有任何力量可以打败你们。只有你们自己才是你们的终结者！"

墨西哥陶罐（外两首）

收到学生们从墨西哥带来的三件礼物——陶罐、亡灵节的骷髅头和挂盘。

——题记

一、墨西哥陶罐

学生送给我一个墨西哥陶罐，上面用白釉写着：Guanajuato.

学生说："瓜纳华托这地方是墨西哥的革命圣地。这小小陶罐里承载着血与火。"

似乎要证明学生的话，吹来一阵风，小陶罐发出凄美的声音，如泣如诉。我接过陶罐细看那上面的图案，感到沉甸甸的。

一时间，我没有明白她的话，愣了片刻。

学生看了我一眼，轻轻地问："老师，难道世界上只有血与火吗？"

我顿悟。

几乎和她异口同声："别忘了，世界上还有伟大的情和伟大的爱！"

二、和骷髅头对话

骷髅头：三更半夜，你盯着我看。好啊！你看出点名堂吗？

我：你是一件民间工艺品，上面绘有向日葵、野菊花和一只大鸟。

骷髅头：你知道它们象征什么吗？

我：当人们回归大地，大地会开满鲜花。

骷髅头：那大鸟呢？

我：那是鸿雁。中国古代哲人说：人固有一死，或重于泰山，或轻于鸿毛。

骷髅头：你不怕死吗？

我：怕，很怕，但，没有办法逃避。

骷髅头：小子，你倒坦诚！所以你敢直面我？

我：不，我想改变你。

骷髅头：好大胆！改变我？妄想！

我：先别激动。我想说，墨西哥的孩子把你变成糖果，'咔嘣咔嘣'嚼着吃了。

骷髅头：那又怎么样？你到底想干什么？

我：把你变成一个陶笛，可以吹奏歌曲。

骷髅头：哈哈哈！小子，你胆子可不小！变成陶笛，吹奏歌曲。这倒是一个好主意！你可以试试！小子，这才是生与死的意义和乐趣。真的，你试试吧。

我没想到，骷髅头居然咧开大嘴笑了，还笑得那么灿烂！

天啊，创造可以感天动地呀！

三、《天佑这个家》

学生送我的挂盘上写着：天佑这个家！

这是一位匠人的祝愿，在挂盘的背面他恭恭敬敬地签上名。

学生把挂盘送给我，自然，也是学生的心愿。

每天早晨，看见这个美丽的挂盘，心里暖暖的，有一种做好事的冲动。

愿这个世界多一点鼓舞人心的话语。

心灵渴望温柔啊！

小溪边的蛙族

小溪欢快地流淌，成群的小蝌蚪在小溪里游玩。蛙家族靠小溪繁衍生息。小蝌蚪渐渐长大，变成青蛙跳到岸上生活。

这时，有的青蛙忘记了小溪的恩惠，有的还往小溪里吐口水："呸，臭水沟！"

小溪并没有理会蛙们的做法，一往深情地向前赶路，流进了小河，汇入了大川，最后融进大海。

一天，一只海鸥捎来小溪的消息："它向家乡的小鱼小虾小螃蟹和小蝌蚪问好！"

"谁是小溪？"青蛙瞪起大眼睛问，"谁又是蝌蚪？"

海鸥一听，吓了一跳，心想："这是怎么啦？忘恩已经够不要脸啦，如今，连自己的历史也忘得干干净净！"

"小黄帽"猴子

在火车站有"小红帽"，是搬运工。中国古代，码头上有"小黄帽"，是撑船的艄公。

——题记

"两岸猿声啼不住，轻舟已过万重山！"老猿猴在山上背诵着中国诗人李白的佳句，一边眺望长江上的风景。

一只小猴子也在一边观望。它发现，艄公都戴着小黄帽，就问为什么。老猿猴回答："那是一种标志，一种资格，有了它就可以划船，就可以在惊涛骇浪上玩，成为一个弄潮儿。"

老猿猴回头看看懵懵懂懂的小猴，又补充说："中国《汉书》上讲，'土胜水，其色黄，故刺船之郎皆著黄帽，因号黄头郎也'。当今鬼才诗人李贺，写有《黄头郎》。诗人唱道，'黄头郎，捞拢去不归。南浦芙蓉影，愁红独自垂。水弄湘娥佩，竹啼山露月……'"

老猿猴还在摇头晃脑背诗歌，小猴子已经溜了。

小猴子去找黄帽子，自己想成为一个有资格的艄公。

小猴子跑到山下，花费了很长的时间才弄到一顶小帽，高高兴兴回到山上,对老猿猴说:"嘿嘿,我有小黄帽子啦! 有资格啦! 可以变成一个弄潮人啦!"

小猴子们围着"小黄帽",手舞足蹈,十分羡慕。

老猿猴眨眨眼睛,仔仔细细看看帽子,说:"你确实有了小黄帽。可是,你是怎么弄到的?"

小猴子回答:"市场有买的呀,明码实价哦! 有钱就可以买呀! 当然,也有奉送的,有硬要的,有捡的,还有看不见'弄'一个的!"

"偷啊!"老猿猴大叫。

"是啊,不偷怎么办? 要钱,我没有;更没人溜须拍马我小猴,奉送一顶;硬要,我又不是泼皮,人家不给;只能机灵一点,趁卖家不注意,顺手牵羊,弄一个。嘿嘿!"

"脸皮挺厚。不过,你以为戴上帽子就会划船吗?"老猿猴问。

"那是当然,我有了小黄帽! 有了资格呀! 你们瞧着吧!"说着,小猴就下山,往码头跑。

老猿猴和一群小猴子在悬崖上瞭望,想看看结果。

它们失望了,什么也没有看到。

两岸猿声啼不住,轻舟已过万重山!

轻舟上没有戴小黄帽的猴子,只听说,江中多了不少不会游泳的猴子全喂了江鱼。

想吃星星的银狐狸

银狐狸看看大树梢上挂着许多星星，就用长长的竹竿打，整整忙乎了一个晚上，一颗星星也没有打下来。它又累又气，一屁股坐在大树下"呜呜"哭起来。

大树说："你把我的叶子打得满地都是，我都没哭，你哭什么？"

"我整整打了一夜，连半颗星星也没有打下来！我吃不到星星！"银狐狸很委屈地说。

"蠢狐狸，你连葡萄都吃不到，还想吃星星？"大树毫不客气地挖苦和讽刺道。

银狐狸瞥了一眼大树，说："我早吃到葡萄了！各种各样的，各种滋味的！请不要用老眼光看人！"

大树也觉得讽刺挖苦不太好，就换了一种语气说："是啊，是啊，事情总是会变化的。其实，我知道，你有很大进步。"

银狐狸坐在那里擦眼泪，没吱声。

大树嘿嘿笑着说："不要气馁！我们可以换一下思维方式看问题。"

银狐狸问："怎么看呢？"

"哈哈！我突然明白，星星高高挂在天上，它们来不到地面，也是吃不到葡萄的！"大树说。

聪明的银狐狸立刻明白了大树的哲理，破涕为笑了。

靰鞡鞋

乌拉鞋放在博物馆玻璃柜子里，就是历史文物，在农家角落，会落满灰尘，只是一双臭鞋。

这是命运？这是历史？

"你努力了吗？你流过汗吗？"一些人投来鄙视的目光。

这时，玻璃柜里的乌拉鞋呼唤着同伴的小名，说："我多么想念你啊！我们一同走过冰天雪地！"

农家的乌拉鞋只是笑了一笑，向自己同甘共苦的伙伴挥挥手。

如今，在一些不懂或忘记历史的人们眼中，它仍然是一双陈旧的乌拉鞋，受到鄙视。

这是命运的历史，还是历史的命运？

巫师的预测

鹰在天空翱翔，影子落在山坡上。当鹰看准猎物，俯冲下来的一瞬，给人一种撞击岩石和坠落的感觉。看到这里，土拨鼠心头一震，就请巫师预测一下鹰的命运。

巫师非常明白土拨鼠的心思。

"今年是鹰的灾年，流年不利，撞击岩石的几率很高。"巫师神秘兮兮地说，"鹰的命中缺水，当它飞到太阳身边，它的羽毛会燃烧，身体会坠下，弄不好就是粉身碎骨！"

土拨鼠年年请巫师预测，巫师收入颇丰。同时，鹰照样年年在空中盘旋。

当把诅咒变成预测时，预测是不会准的！愚蠢的土拨鼠不明白这个道理，活该倒霉。

忘恩的松鼠

秋天，松鼠在大松树上采集松塔，又急急忙忙跳到地上，把松塔藏在土里。是啊，这是松鼠过冬的救命粮啊！松鼠就是靠松树的馈赠才能熬过寒冬的漫漫长夜。

可惜，松鼠从来不知道感恩，却常常抱怨："瞧瞧，松树到处是松树油脂，弄脏了我漂亮的尾巴！看看，松树的脸，全是粗糙的皱纹，老气横秋，要多难看有多难看！真给我丢脸！"

可是，松鼠对远方的桦树林却大加赞扬："身材多么苗条，多么漂亮！一切都充满诗意，在风中还唱情歌哪！"

猫头鹰对松鼠的所作所为很反感。它说："松树高大雄伟，人人敬仰，你怎么就看不见呢？你天天吃着松子活命，怎么就不知道感恩呢？却常常夸奖和你没有任何关系的桦树林！常言说得好：'堂上双亲你不敬，一心拜佛为哪桩？'为什么呀？"

松鼠不但不听劝告，还用松塔打跑了猫头鹰。

猫头鹰很伤心。它摇摇头说："哎，世界上，不知有多少忘恩负义的子孙，痴迷在异乡的梦里！"

蛙长老的喜剧

蛙家族艰难地生活在枯井里。蛙长老理理胡子，叹了一口气，说："这就是我们的天地。世界也就这么大了！哎，命中注定啊！"

一天，掏井的工人来了，蛙家族趁机离开枯井，来到池塘生活。

蛙长老对家族成员说："这就是我们的天地。世界也就是这么大了。哎，命中注定啊！"

没想到洪水泛滥，大水把蛙家族带到大海。蛙长老感叹海的辽阔，说："这就是我们的天地，世界也就是这么大了。哎，命中注定啊！"

更让人想不到的事情发生了。蛙家族被航天中心的科学家捉住，成了试验品，要上天！

太空中，身穿宇航服的蛙长老望望自己的家族，伸出一只手，打打招呼，要讲话。这时，同样穿着宇航服的小青蛙们齐声说：

"这就是我们的天地。世界也就是这么大了！哎，命中注定啊！哈哈，哈哈！"

蛙长老也哈哈大笑起来。

宇航员和科学家看到这一幕喜剧，也哈哈大笑了，说：

"长老就是长老！老生常谈也是天经地义！"

土拨鼠的修行

以自私的心，搬弄经典，为自己的愚行开脱，除了不虔诚之外，也许是最大的愚行。

一只草原土拨鼠来到高寒山区，遇到一只修身的鼠兔。鼠兔正在翻看经典书籍。

"你在看什么书呢？"土拨鼠问。

"我在看经典书。"鼠兔回答。

"看经典书有什么用？"土拨鼠问。

"人们要宽容、饶恕和理解！"

市集好风光

狮子听说森林附近新建了一个市集，非常热闹，就派老鼠去打探。

老鼠回来禀报："尊敬的大王，小臣看见的全是脚和鞋。那些鞋上还不太干净，落满了灰尘。踏来踏去，没有什么意思。我还差一点被踩破脑袋。"

狮子摇摇头，又派长颈鹿再去看看。

长颈鹿回来禀报说："尊敬的大王，我看见满街的帽子和头巾，花里胡哨，挤来挤去，声音很吵。"

狮子大王很生气，吼道："两个笨蛋，这点事情都弄不明白！告诉他们，我要亲自去看看！"

消息传出去，市集立刻空无一人。

狮子站在空空荡荡的大街上，感叹："原来，小老鼠和长颈鹿都欺骗了我！所谓市集，是无人的！"